感受取经路上的艰难与磨炼

品读《西游记》经典诗词

【中国诗词大汇】

品读醉美**四大名著**
之
《西游记》经典诗词

郝豪杰·编著

中国言实出版社

图书在版编目（CIP）数据

品读醉美四大名著之《西游记》经典诗词 / 郝豪杰
编著. -- 北京：中国言实出版社，2021.2
ISBN 978-7-5171-3712-2

Ⅰ.①品… Ⅱ.①郝… Ⅲ.①《西游记》－古典诗歌
－诗歌欣赏　Ⅳ.①I207.414

中国版本图书馆CIP数据核字（2021）第007023号

责任编辑　郭江妮
责任校对　王战星

出版发行　中国言实出版社
　　地　　址：北京市朝阳区北苑路 180 号加利大厦 5 号楼 105 室
　　邮　　编：100101
　　编辑部：北京市海淀区花园路 6 号院 B 座 6 层
　　邮　　编：100088
　　电　　话：64924853（总编室）　64924716（发行部）
　　网　　址：www.zgyscbs.cn
　　E-mail：zgyscbs@263.net
经　　销　新华书店
印　　刷　北京市兴怀印刷厂
版　　次　2021 年 10 月第 1 版　　　2021 年 10 月第 1 次印刷
规　　格　880 mm×1230 mm　　　1/32　　8 印张
字　　数　222 千字
定　　价　42.80 元　　　　　　　ISBN 978-7-5171-3712-2

　　《西游记》是中国古代第一部浪漫主义长篇神魔小说。它以"唐僧取经"这一历史事件为蓝本，进行艺术加工而成。全书主要写孙悟空出世及大闹天宫后，遇见了唐僧、猪八戒和沙僧三人，与白龙马一起西行取经，一路降妖伏魔，经历了九九八十一难，终于到达西天见到如来佛祖，最终五圣成真的故事。作者吴承恩运用浪漫主义手法，展开想象的翅膀翱翔文字的天空，描绘了一个色彩缤纷、神奇瑰丽的奇幻世界，创造了一系列妙趣横生、引人入胜的神话故事，成功地塑造了孙悟空这个超凡入圣的理想化英雄形象。在奇幻世界中曲折地反映出世态人情和世俗情怀，表现了鲜活的人间智慧，具有浓郁的生活气息。

　　《西游记》不仅是中国文学中的一部杰作，而且也是世界文学中的瑰宝。《西游记》中蕴含着大量的诗词，尽管这些诗词的艺术水平参差不齐，历来不为人所重视，但因为有着丰富的内涵，而成为《西游记》不可分割的一部分。

　　《西游记》中用诗词引出故事，这种应用方式不是小说中的先例，但相比于其他小说无疑使用得更为直接。例如，第一回的故事就是用一首诗引出的："混沌未分天地乱，茫茫渺渺无人见。自从盘古破鸿蒙，开辟从兹清浊辨。覆载群生仰至仁，发明万物皆成善。欲知造化会元功，须看《西游释厄传》。"该诗的作用就是合理地引导读者去了解全书的主旨并掌握整本书的脉络，增加了小说的揣摩趣味。

《西游记》中的诗词还具有对故事进行总结的作用。在第四十九回中写老鼋驮唐僧师徒渡过八百里通天河，叙述故事到一个阶段之后，作者用以下这首诗作出总结："圣僧奉旨拜弥陀，水远山遥灾难多。意志心诚不惧死，白鼋驮渡过天河。"这首诗不仅总结了该章节，而且对唐僧师徒进行了赞扬，表达了作者的观点。又如，唐僧师徒等人取完真经回到长安之后，作者写下了："圣僧努力取经编，西宇周流十四年。苦历程途遭患难，多经山水受迍遭。功完八九还加九，行满三千及大千。大觉妙文回上国，至今东土永留传。"这首诗除总结之外还流露出对唐僧师徒的歌颂之意。

此外，《西游记》中写景诗颇有佳作，如作者就是用一首五言诗来描绘花果山水帘洞的："一派白虹起，千寻雪浪飞。海风吹不断，江月照还依。冷气分青嶂，馀流润翠微。潺湲名瀑布，真似挂帘帷。"首联先以"一派白虹""千寻雪浪"写出瀑布的壮观，颔联再以周边环境加以衬托，颈联进一步描写冷气荡漾、馀流润泽之状，全篇技巧娴熟，用词较为雅致。

《西游记》是神魔小说，因此其中精怪打斗和施法场面很多，这些场面的描述，有很大一部分是以赋来展现的，有的是以诗来表现的，这部分内容大多铺张渲染，炫奇立异，俗趣浓厚。

纵观整本小说，《西游记》的诗词在文本中的作用不容小觑，正是因为有了这些诗词才使得小说的情节更为完整，更具有可读性，也使小说结构更加严谨，人物形象栩栩如生。

本书收集了《西游记》中的部分诗词，按原书章回编排整理，对每首诗词都做了详细的注释和赏析，力图使读者通过这些诗词增进对《西游记》这部名著的理解。

编　者

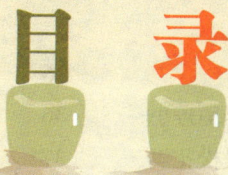

目录

第一回

欲知造化看《西游》

混沌①未分天地乱，
　茫茫渺渺无人见。
自从盘古②破鸿蒙③，
　开辟从兹④清浊辨。
覆载⑤群生仰至仁，
　发明万物皆成善。
欲知造化会元功，
须看《西游释厄传》⑥。

注 释

①混沌（hùn dùn）：传说指盘古开天辟地前天地模糊的状态。
②盘古：神话中的开天辟地的人物。
③鸿蒙：宇宙形成前的混沌状态。
④兹：此，现在。
⑤覆载：指天地养育人类。
⑥《西游释厄传》：较早的《西游记》传本之一。

赏 析

　　作为《西游记》第一回"灵根育孕源流出，心性修持大道生"的开场诗，同时也是整本小说的开篇诗，这首诗融汇了宇宙起源的神话、劝人向善的引导、自卖自夸的吆喝，极大地激发起读者对这本神魔小说的好奇心。

　　诗的前四句说的是我们智慧的先人给遥远的太古时期起了一个

非常典雅的名称：鸿蒙时代。并认为那时的宇宙形似鸡蛋，充盈着自然的元气，没有天地，没有日月，没有星辰，只有一个名叫盘古的男子，生长在其中。短短四句，浓缩了中国古代关于宇宙起源和盘古开天地的诸多传说，为《西游记》营造了神秘的氛围。

说完了天地起源，接下来的诗句谈的是善之起源和神奇造化。"覆载群生仰至仁，发明万物皆成善"两句，认为善与自然同生共长，透射出道家"道法自然"的主张，也预示了书中主要人物、主要情节等与天地自然的密切关系。最后两句点明了作者创作这部神魔小说的宗旨，以及读者阅读本书的价值所在。

整首诗既体现了佛家的造化随缘，又有儒家的追求功名，还有道家的天人合一，在天地自然与人文思想两个层面为《西游记》定下了基调。

值得一提的是，诗歌一直是古代中华文化的正统。被儒家奉为经典的"四书五经"，曾经是封建科举考试中选拔人才的命题书和教科书，其中就有中国最早的诗歌总集《诗经》。所有科举考试的参与者，都经受过诗歌创作等相关训练。诸多文人为了让原本属于俗文化范畴的小说向高雅靠拢，提升小说的情趣格调与文化品位，同时也彰显自己的学识和才华，都会在小说创作中穿插大量诗词。作为直到中年才补上"岁贡生"的《西游记》作者吴承恩（1500—1582），当然也不例外。

山中飞瀑

一派白虹①起，千寻②雪浪飞。

海风吹不断，江月照还依。

冷气分青嶂③，馀流润翠微④。

潺湲⑤名瀑布，真似挂帘帷。

注 释

① 白虹：形容瀑布自天而降，有如白色虹霓。
② 寻：古代的长度单位，八尺为一寻。
③ 青嶂：山势高险，像屏障的青山。
④ 翠微：形容花果山青翠幽深。
⑤ 潺湲（chán yuán）：水慢慢流动的样子。

赏 析

这是一首描写水帘洞瀑布的写景诗。众猴在花果山上嬉戏玩耍，看到了水帘洞前那壮观、神奇的瀑布美景：瀑布像一道白色虹霓自天而降，溅起千丈雪浪。狂暴的海风都不能使它断流，长流不息的瀑布啊，晶莹剔透的水花与月争辉。高大的青山如同屏障，阻挡住水汽凉意的散发。落在地面的水滴积少成多，混溪而流，滋润着青葱翠绿的花果山。缓慢流淌下来的水珠串在一起犹如一道水晶帘幕，挂在水帘洞洞口，蔚为壮观。如此美景真是天造地设，堪称鬼斧神工！

诗人以"白虹""雪浪"做比喻，生动描写出了水帘洞瀑布长流不息、气势磅礴、清冷绝美的特点，山水相依，水借山势，结句中将缓流的瀑布比喻成"帘帷"，展现了瀑布、山洞相映成趣的神奇景象。整首诗通俗易懂，读来朗朗上口。

三阳交泰产群生

三阳交泰①产群生，仙石胞含日月精。

借卵化猴完大道，假他名姓配丹成。

内观②不识因无相③，外合明知作有形。

历代人人皆属此，称王称圣任纵横。

注 释

①三阳：指季节。古人认为冬至以后阳气慢慢回升，因而称冬至为一阳生，十二月为二阳生，立春为三阳生。立春之后，大地回春，万物复苏，顺通安泰，形成三阳开泰。交泰：时运亨通、顺利。

②内观：内视，道家修养方法。

③无相：佛教用语，指事物并无固定性、实体性的状态。

赏析

　　这首诗是作者在石猴被花果山猴群拥戴为美猴王之后发出的感叹。

　　得益于道家阴阳之气的仙石，孕育出了眼蕴金光的石猴。石猴又凭借自己的勇敢智慧，成为猴群的"千岁之王"。正是道家的无羁无绊、无所畏惧成就了美猴王，美猴王的心性却不符合佛教、儒家的教义。这首诗写出了美猴王顺应自然的天性本色，预示他将经历道家、佛门的共同修炼，同时也表现出作者对道教、佛教、儒教的复杂态度。

　　吴承恩生活的明代，是我国宗教发展史上一个较为特殊的时期。随着宋、明理学显学地位的确立，作为中国本土宗教的道教和较早传入中国的佛教，都逐渐走向了衰微。宗教的儒化现象，即所谓儒、释、道三教合一渐成主流。

天产仙猴建大功

天产仙猴道行①隆，离山驾筏趁天风。
飘洋过海寻仙道，立志潜心建大功。
有分有缘休俗愿，无忧无虑会元龙②。
料应必遇知音者，说破源流万法③通。

注释

①道行：僧道修行的功夫。
②元龙：道教对"得道"的别称。
③万法：佛教术语，指事物及其现象，也指理性、佛法等。

赏析

　　这是一首叙述美猴王从出生到有志于建功立业、再独自漂洋过海求仙问道的诗。

　　诗中预示了美猴王必将遇到自己梦寐以求的知音和导师。后来，生命中原本就含有道家阴阳之气、日月精华的美猴王，拜了具有佛祖弟子之名、道家精神之实的须菩提为师，因而这首诗也糅合了道教、佛教术语，表现出道与佛的复杂关系。

叹名利

争名夺利几时休？早起迟眠不自由！

骑着驴骡思骏马，官居宰相望王侯。

只愁衣食耽①劳碌，何怕阎君就取勾？

继子荫②孙图富贵，更无一个肯回头！

注释

①耽：沉溺，迷恋。

②荫：荫庇。封建时代子孙因先世有功劳而得到封赏或免罪。

赏析

　　这首诗是美猴王初到南赡部洲地界，对人类世界的见识和评价。诗中感叹道：争名夺利什么时候才能停止呢？人们忙忙碌碌起早贪黑，只是为了那些虚无的名利而身心疲惫，不得自由。骑上了驴还不满足，又渴望着去骑高头大马。当了宰相还不满意，又妄想着当一方王侯。整天沉浸在衣食的劳碌中，难道就不怕阎王随时来勾魂夺命吗？这些人只想着挣下家业荫庇子孙，却从来没有一个人能看透名利而回头！

　　在这首诗里不难读出作者的嘲讽和无奈。在美猴王眼里人类都是耽于名利的，都给自身套上了厚重的枷锁，与他对仙道的追求是格格不入的。由此也可以看出追求仙道之人的与众不同和修仙之路注定的艰辛，然而即便如此，美猴王也没有放弃自己的理想，没有与那些追逐名利者同流合污。美猴王不随波逐流，而是意志坚定、一往无前，这一点也就注定了他光明的前途，历经九九八十一难，取得真经，再去拯救那些耽于名利者。

满庭芳·观棋柯烂

观棋柯①烂，伐木丁丁，云边谷口徐行，卖薪沽酒，狂笑自陶情。苍径秋高，对月枕松根，一觉天明。认旧林，登崖过岭，持斧断枯藤。

收来成一担，行歌市上，易米三升。更无些子②争竞，时价平平，不会机谋巧算，没荣辱，恬淡延生。相逢处，非仙即道，静坐讲《黄庭》③。

注 释

①柯：斧头的木质柄。
②些子：也作"些仔"，少许，一点儿。
③《黄庭》：即道教的《黄庭经》，是道教上清派的重要经典。书中认为人体各处都有神仙，首次提出了"三丹田"的理论。

赏 析

悟空不满足于占山为王、自由自在、饱食终日、呼朋唤友的简单生活，他离开花果山，先到南赡部洲寻仙问道，未果，又乘松树筏漂洋过海，来到西牛贺洲。在这远离尘嚣、险峻挺秀的灵台方寸山上，悟空听到了一位樵夫在丛林深处传出的歌声。樵夫歌声中的内容如下。

晋朝的樵夫王质，观看仙人下棋，棋局未完，发现自己砍柴的斧头木柄已经朽烂。伐木丁丁，鸟鸣嘤嘤，我在云雾缭绕的山谷口逍遥自在地慢慢行走，卖掉柴火买来美酒，开怀畅饮，纵情欢笑，自我陶醉。秋高气爽，山径苍幽，我对着月亮，枕着松根，一觉睡到天亮。睡醒后，我在熟悉的山林间登崖过岭，砍断峭壁上的枯藤。柴薪收集成一担，我开心地唱着歌来到街市，换了几升米安度岁月。这里没有一点儿竞争，价格也很公平，人们不会计谋巧算，不分贵贱荣辱，相互间平淡相处，延年益寿。能够在这山林间与你相遇的人，不是神仙就是得道高士，你可以静静地坐下来，听他们讲一讲道教的《黄庭经》。

这位会唱《满庭芳》的樵夫，不是普通意义上的砍柴人，他其实代表了中国古代文人理想中的隐士、世外高人。他们远离尘嚣，归隐山林，满腹才学，拒绝仕途，安贫乐道，自在逍遥，超然洒脱。从尧舜时期的许由、巢父，到商朝末年的伯夷、叔齐；从汉初的"商山四皓"，到魏晋时期的"竹林七贤"；从东晋的陶渊明，到早于《西游记》作者吴承恩生活年代的明朝著名"隐仙"张三丰……中国的隐士文化无疑是失意困顿、不合时宜文人们的精神庇护与生存选择。从樵夫吟唱的《满庭芳》中，我们看到这位隐士乐观豁达的人生观，他信奉道家，淡泊功利，勤劳善良，精神充实。后来他热心为猴王指路，成为美猴王变身孙悟空的引路人。

须菩提祖师

大觉金仙①没垢姿，西方妙相②祖菩提；
不生不灭三三行，全气全神万万慈。
空寂自然随变化，真如本性任为之；
与天同寿庄严体，历劫明心③大法师。

注　释

①大觉金仙：宋徽宗时对佛的称呼。
②妙相：佛教术语，庄严的相貌。
③明心：使心思清明纯正。

赏析

　　这首诗是《西游记》当中的一首写人诗。美猴王在一位樵夫的指引之下，来到灵台方寸山斜月三星洞，见到了须菩提祖师。见惯了为名利奔波的世俗之人，乍一看到仙风道骨的须菩提祖师，猴王眼前一亮，立即为祖师的风华着迷了。

　　只见须菩提祖师超凡脱尘，相貌堂堂，端正庄重，不生不灭，全气全神，通晓三昧、三垢等佛教修行之道，他空明寂静，随缘变化，真如实相，任性为之，是一位与天同寿、佛道合一、庄严仁慈、历尽劫波却仍心思清明纯正的大法师。

　　须菩提祖师不仅为美猴王取名为孙悟空，还教会了他筋斗云和地煞七十二般变化等神功，这是孙悟空真正意义上的师父。整首诗字里行间充满了佛道，仅寥寥数语就写出了佛的纯净、佛的永恒、佛的仁慈、佛的随性、佛的庄严和佛的智慧。

第二回

斜月三星洞夜景

月明清露冷，八极迥无尘^①。
深树幽禽宿，源头水溜汾^②。
飞萤光散影，过雁字排云。
正直三更候，应该访道真。

注 释

①八极：八方极远之地，形容天
地之间。迥：寥廓，高远。
②水溜汾：形容水流迅速、流动
汇聚的样子。

赏 析

　　须菩提祖师在灵台方寸山讲经说法时，悟空听到妙处，手舞足蹈，喜不自禁。须菩提祖师见悟空很有慧根，于是想传些本领给悟空，结果，悟空却嫌好道歹。须菩提祖师很生气，手持戒尺，在悟空头上打了三下，关上中门，背手撇众人而去。众人责怪悟空，悟空却以极高的悟性参透了祖师的暗谜：在三更时分自后门入室听祖师秘传道法。子时前后，悟空轻轻起床，走出门外抬头观看，就看到了诗中所描绘的景色。只见：

一轮明月高高悬挂，夜露清冷令人清醒，八方天地之间，寥廓高远，空灵洁净。幽暗神秘的树丛里，禽鸟正在安然地宿眠，山间的水源丰沛清澈，水流迅速、流动汇聚。飞舞的萤火虫光影流动，忽隐忽现，赶路的大雁在云端飞过，呈"一"字排开。现在正值三更时刻，应该正是访求道法、探寻真经的好机会。

这首诗动静结合，远近相映，有声有色，意境幽远，极微妙地写出了悟空独自求道的隐秘欣喜、暗中忐忑、聪慧灵透和壮志雄心。

孙悟空七十二变之松树

郁郁①含烟贯四时，凌云直上秀贞姿。

全无一点妖猴像，尽是经霜耐雪枝。

注释

①郁郁：茂盛。

赏析

美猴王在灵台方寸山斜月三星洞拜师之后，须菩提为他取名孙悟空，并让他与众弟子一起修行悟道。孙悟空凭借自己的聪明才智和超凡领悟力，修炼六七年的时间，就得到地煞数七十二般变化秘诀。他自修自炼，昼夜勤奋，用三年时间掌握了这些本领。一天，众弟子聚在松树下面会讲，大家好奇地询问起孙悟空修炼得道的情况，并要求他变身成为松树演示功夫。

本诗写的就是孙悟空在同门师兄弟面前所变的那棵松树。变身成为一棵枝繁叶茂、高耸入云的松树，是孙悟空第一次当众展示自己的七十二变功夫。众人都为悟空的功夫表演喝彩，没想到须菩提祖师却认为悟空还没有学好本领就卖弄手段的做法有违教义，不仅将他逐出了师门，还令他今后不许宣称自己是须菩提的徒弟。于是，孙悟空卖弄功夫、变身松树就成为他命运转折的一个重要标志。

第三回

起狂风大圣显神通

炮云①起处荡乾坤，黑雾阴霾②大地昏。
江海波翻鱼蟹怕，山林树折虎狼奔。
诸般买卖无商旅，各样生涯不见人。
殿上君王归内院，阶前文武转衙门。
千秋宝座都吹倒，五凤高楼幌动③根。

赏 析

悟空打败混世魔王，重新稳定了花果山的形势，但是装备不足，于是在老猴子的建议下来到傲来国寻找兵器。悟空不愿花钱去买，就念动咒语，吹出了诗中所描写的狂风，一时间飞沙走石，把一个本来和平安宁的傲来国搞得黑雾阴霾、虎狼奔走、乌烟瘴气、人心惶惶。悟空趁机来到傲来国都城的兵器馆，大显神通，在狂风之中裹走了馆中所有的武器。

这阵风吹得如何？诗中是这样写的：狂风起处，云烟如炮火一般喷射而出，震荡着天地，一时间黑雾弥漫，天空阴晦、昏暗。江河湖海波浪翻动，鱼蟹抖动而又惧怕；山林间树木摧折，虎狼逃奔。路上的行人惊惶逃跑，不见人影。大殿中的君臣各归内院，不敢出门。连皇宫里尊贵的千秋宝座都被吹倒，高高的五凤楼也不抵风狂，连根晃动。

　　傲来国从热闹街市到赫赫宫廷，都在悟空的狂风中摇摇欲坠，落叶横扫。整首诗想象丰富，动态感强，画面感十足，从多个方面凸显了悟空的随心所欲、神通广大和法力高强。

第四回

齐天大圣

身穿金甲亮堂堂，头戴金冠光映映。
手举金箍棒一根，足踏云鞋皆相称。
一双怪眼似明星，两耳过肩查①又硬。
挺挺身才变化多，声音响亮如钟磬②。
尖嘴咨③牙弼马温，心高要做齐天圣。

注 释

①查：张开，分开。
②磬：乐器。
③咨：同"龇"，露。

赏 析

　　孙悟空在灵台方寸山斜月三星洞拜师学艺期间，因当众卖弄刚学会的七十二般地煞变化之功，被须菩提祖师逐出师门。回到花果山后，他从混世魔王手中夺回领地；接着又去向四海龙王强索武器披挂，配齐了全部装备；还在幽冥界大打出手，强行勾去生死簿上自己和猴属之类有名者的名字。于是，东海龙王敖广和冥司

秦广王贲同时将孙悟空告到玉皇大帝那里。正当玉皇大帝打算派天兵天将讨伐妖猴的时候，太白金星建议玉帝"降一道招安圣旨，把他宣上界，授他一个大小官职"。结果天庭一兵未发，就让根本不了解仕途经济、官衔品级的孙悟空当上了小小的弼马温。了解真相之后，孙悟空因嫌官位未入流品、地位卑贱，就不愿继续在上界放养天马，又返回下界花果山自封"齐天大圣"。玉帝感觉受到了蔑视和挑衅，就派遣天兵天将围剿悟空。这首诗写的就是悟空迎战天兵时的亮相。诗文晓畅明了，既描述了孙大圣的穿戴、外貌，也写出了他的心气、志向和本领。

只见悟空身披锁子黄金甲，头戴凤翅紫金冠，脚蹬藕丝步云履，手持镇海神针如意金箍棒。他在炼丹炉里熔炼出一双闪亮的火眼金睛，两只耳朵张开竖起，看起来桀骜不驯，又翘又硬。悟空挺身而立，变化多端，声音响亮如敲钟磬，尖着嘴、龇着牙的悟空心气高傲，就是要做那齐天大圣！

哪　吒

总角①才遮囟，披毛未苫②肩。

神奇多敏悟，骨秀更清妍③。

诚为天上麒麟子，果是烟霞彩凤仙。

龙种自然非俗相，妙龄端不类尘凡。

身带六般神器械，飞腾变化广无边。

今受玉皇金口④诏，敕⑤射海会号三坛。

注释

①总角：古代儿童束发为两结，向上分开，形状如角，故称总角。
②苫：遮盖。
③清妍：美好。
④金口：帝王之言。
⑤敕：帝王的诏书、命令。

赏析

　　这是一首五言七律的混合诗，写的是三太子哪吒出场的风姿，是哪吒的首秀诗。五言部分是从外到内的肖像描写：哪吒还是一个小孩子，头发没有全部梳起，前边头发遮在脑门上，后边头发披在肩膀上。他聪慧灵敏，悟性很高，骨秀而又灵气洋溢。

　　七律部分是讲哪吒的特殊出身和不凡本领，以及高贵的官衔。哪吒刚出生时，左手掌上有个"哪"字，右手掌有个"吒"字，故名"哪吒"，他是托塔天王李靖的孩子。"麒麟子""彩凤仙"和"龙种"三个词说明了哪吒的不同凡俗、神通广大。他足蹬风火轮，双手拿一杆火尖枪，其余四只手随身携带金砖、九龙烈火罩、混天绫、乾坤圈、阴阳双剑等神兵利器，还能飞身腾挪，变化多端。就在今天，玉皇大帝颁下金口玉诏，亲自敕封他为"三坛海会大神"。

　　整首诗字数不多，却把哪吒的聪明善悟、气势逼人刻画得入木三分，展现了哪吒的非同凡俗和英勇神姿。

第六回

二郎神

仪容清俊貌堂堂，两耳垂肩目有光。
头戴三山飞凤帽[1]，身穿一领淡鹅黄。
缕金靴衬盘龙袜，玉带团花八宝妆。
腰挎弹弓新月样，手执三尖两刃枪。
斧劈桃山曾救母[2]，弹打樱罗[3]双凤凰。
力诛八怪声名远，义结梅山七圣行。
心高不认天家眷，性傲归神住灌江。
赤城[4]昭惠英灵圣，显化无边号二郎。

注释

[1] 三山飞凤帽：武士所戴的尖顶盔帽。
[2] 救母：二郎神劈山救母的神话传说。
[3] 樱罗：棕榈树。
[4] 赤城：帝王宫城。因为二郎真君是皇亲，供奉他的庙宇围墙又呈红色，所以也称"赤城王"。

赏析

　　孙悟空偷拿王母娘娘蟠桃会上的仙桃、仙酒之后，玉帝派托塔李天王带了十万天兵、布了十八架天罗地网围剿悟空一伙。就连观音菩萨的大徒弟惠岸（李天王的二儿子木叉），也抢着铁棍与悟空对阵。观音见众人都敌不过悟空，就向玉帝举荐了二郎真君。出现在第六回"观音赴会问原因，小圣施威降大圣"中的这首诗，就是对这位玉帝外甥的介绍。诗文不仅写出了二郎神的清俊相貌、衣着打扮、常用兵器、性格神态，还交代了他的传奇经历。

二郎神仪表堂堂，两只耳朵垂肩，眼睛炯炯有神。他的穿着打扮非常贵气，他头戴一顶饰有飞凤图形的三山尖顶盔帽，身穿一领淡鹅黄色的铠甲，脚着一双绣着盘龙的袜子，搭配金丝缕织就的云靴。他穿金戴银，玉带上还织着精美的花纹，面上的八宝妆彰显着神的威严。他腰间挎了一把形如新月的弹弓，手执三尖两刃枪。他曾经用一把斧头劈开桃山救出了母亲，用弹弓打棕榈树上的凤凰。他诛杀了八怪，与梅山七圣结义。但他心高气傲，从不攀亲，而是定居灌江，被敕封昭惠灵显王二郎神。

诗中二郎神"斧劈桃山曾救母，弹打樱罗双凤凰。力诛八怪声名远，义结梅山七圣行"等传奇故事，在明代应当流传甚广，因而书中只出现了"当年玉帝妹子思凡下界，配合杨君，生一男子"和"梅山六兄弟——乃康、张、姚、李四太尉，郭申、直健二将军"等简短文字。这些人物与故事，在明代的《二郎宝卷》《封神演义》等神魔小说中也有记载，在后世的民间文学、戏剧等艺术样式中都有体现。至于"弹打樱罗双凤凰"和"力诛八怪声名远"，书中没有更多着墨，也未见其他版本的传说，淹没或是融汇在中国文化的漫漫长河之中，就如同夜空中的一些星星，留下璀璨的星光。

第七回

为人切莫欺心

富贵功名，前缘分定①，为人切莫欺心。正大光明，忠良善果弥②深。些些狂妄天加谴③，眼前不遇④待时临。问东君⑤因甚，如今祸害相侵。只为心高图罔极⑥，不分上下乱规箴⑦。

注释

①前缘分定：前世注定。
②弥：更加。
③谴：惩罚。
④不遇：不得志。
⑤东君：神话中的太阳神。
⑥罔极：无边界，无止境。
⑦规箴：劝勉告诫。

赏析

　　这首诗是第七回的回前诗，是悟空被押到斩妖台准备处斩的时候，天庭对悟空的一段警告，让他不要无视规矩。
　　诗中说：功名利禄这些都有定数，不要试图反抗天命，做人不能违背自己的良心。为人处世要光明正大，忠良仁善，才能得到好的因果。如果行事狂妄不加收敛，就会受到天谴，即便没有现世报，那也是因为时机未到。向太阳神询问祸乱侵扰的原因，只不过是因为有人心高气傲，野心膨胀，忘记了自己的身份，无视上下之别，扰乱了法度规矩。

从这首诗中不难看出统治者对悟空之流多有不屑，时刻强调身份地位这些东西都是天注定的，天是至高无上的，任何人都必须顺从。统治者完全没有那种不拘一格重用人才的想法，而是警告当时那些像悟空一样的叛逆者，不要"乱规箴"，否则"天加谴"。用现代的观点看，这种思想是有一定局限性的，它限制了悟空的发展，就算最后他步入正轨，走上取经之路，也还是受制于高层，时时依靠天庭的统治者。

悟空跳出八卦炉

混元体正合先天，万劫千番只自然。
渺渺无为浑太乙，如如①不动号初玄。
炉中久炼非铅汞，物外长生是本仙。
变化无穷还变化，三皈②五戒③总休言。

注释

①如如：佛教术语，没有凝滞的境界。
②三皈：即皈依佛、法、僧三宝。
③五戒：不杀生、不偷盗、不邪淫、不妄语、不饮酒。

赏析

孙悟空大闹天宫之后，四大天王与托塔李天王并二太子木叉（观音菩萨弟子惠岸行者），全都不能制服悟空。观音菩萨向玉帝推荐灌洲灌江口的二郎神。二郎神在观音菩萨和太上老君的共同帮助下，抓获悟空。被擒之后的孙悟空，任凭刀砍斧剁、雷打火烧，就是毫发无损；太上老君只好将他推入炼丹炉中煅烧七七四十九天。可悟空最终跳出了炼丹炉，而且经过一番淬炼后，他已经去粗取精，脱胎换骨，成为一只混合天地元气的猴精，而不再是那只野猴子了。

悟空天生混元体，是吸收天地之精华凝聚而成的，就算经过千番灾害万般劫难，也会保持自然本真。他虽然是混元体，修炼也达到了圆融境界，已经是仙了，但是仍渺小无所作为，是一个小仙，刚刚处于九玄的第一层。悟空不是铅汞，却在丹炉中经受长久的淬炼，早已经超出了世间万物的承受范围，已经变成了长生不老之体。他变化无穷，不必对他讲什么三皈五戒来约束他。

此时经过丹炉淬炼的悟空已经完全不同了，本体已成了不生不灭之体。这时候的他没有经过佛的洗礼，仍桀骜不驯，为所欲为，继续报复玉帝和天庭，最后惊动了佛祖如来，被压在五行山下，等待唐僧的到来。

金箍棒

一点灵光①彻②太虚③，
那条拄杖④亦如之。
或长或短随人用，
横竖横排任卷舒。

注释

①一点灵光：指架起筋斗云疾飞而去的孙悟空。
②彻：通。
③大虚：天，天空。
④拄杖：指金箍棒。

赏析

这首诗描写的是悟空的武器金箍棒的神通。悟空初从太上老君的炼丹炉里出来，整个人都变了，连带着金箍棒这根光彩华艳的东海如意神针铁也变得更加光芒四射了，大有不捅破天不罢休的趋势。

"一点灵光彻太虚，那条拄杖亦如之。"悟空就像一束灵光一样，速度之快，直冲天际，他手中的金箍棒也像他一样直插云霄。可见悟空之骁勇，攻击威势之猛烈。短短几个字就把悟空的嚣张、霸气、野性、愤怒等都描绘出来了。"或长或短随人用，横竖横排任卷舒。"金箍棒可以任意改变长短，舒展弯曲，随意变化。金箍棒是如假包换的神兵器，至此，它已完全被悟空收服，与悟空的意念融为一体，变成了真正的"如意"金箍棒，成为悟空的倚仗。悟空神通广大，再加上金箍棒的威猛气势，双方的配合天衣无缝，攻击力极强。

这首诗通俗易懂，用词传神。"彻太虚""亦如之""随人用""任卷舒"，寥寥数语就把金箍棒表现得活灵活现。

心　猿

猿猴道体配人心，心即猿猴意思深。
大圣齐天非假论，官封"弼马"是知音。
马猿合作心和意，紧缚拴牢莫外寻。
万相归真从一理，如来同契①住双林②。

注 释

①同契：契合。
②双林：婆娑双树，传说为佛祖圆寂之地。

赏析

这是一首赞美悟空的诗，却又不仅仅是赞美他，也借"心猿"写修道，写人心。

"猿猴道体配人心，心即猿猴意思深。"悟空乃"心猿"，有七十二般变化，有长生欲、权力欲等各种各样的欲望，当然也逃脱不出私心杂念的掌控，之后所发生的一切都不是巧合，都是已经注定的，所以才说"意思深"。"大圣齐天非假论，官封'弼马'是知音。"封悟空为齐天大圣并不是没有缘由的，封他做"弼马温"也是顺应天命的。"马猿合作心和意，紧缚牢拴莫外寻。"这里的"马猿"就对应了上一句的弼马温和齐天大圣，马、猿合到一起有了心和意，但是不要心猿意马，要紧紧地守住本心，不要被杂念诱惑。"万相归真从一理，如来同契住双林。"这句诗把悟空和如来放到了一起，预示了他们之间本是有关联的。悟空在经历了九九八十一难后，洗尽铅华，祛除杂念，回归了佛的本真，像如来那样成佛住在双林之地。从这句诗中不难看出，佛原本也不是佛，是常人经过万千磨难后修炼而成的。

天地生成灵混仙

天地生成灵混仙①，花果山中一老猿。
水帘洞里为家业，拜友寻师悟太玄。
炼就长生多少法，学来变化广无边。
因在凡间嫌地窄，立心端要住瑶天②。
灵霄宝殿③非他久，历代人王有分传④。
强者为尊该让我，英雄只此敢争先。

注 释

①灵混仙：指孙悟空是混元之体，天生的仙。
②瑶天：指上天。
③凌霄宝殿：玉帝的住处，象征着权力。
④传：变换帝王。

赏 析

这是一首悟空自叙诗。悟空大闹天宫之后，又大战奉玉帝之旨前来围剿他的天兵天将哪吒、惠岸行者、二郎神等众神仙，还经历了刀劈斧砍、丹炉煅炼，却愈战愈勇、本领见长。当玉帝传旨请到如来佛祖，悟空仍旧毫无惧色，向如来佛祖大声道出本诗。

悟空道："我是一个混合着天地灵气的神仙，因当初在花果山寻找水帘洞有功，成为猿猴群里的大王。通过寻友拜师、求仙问道，我领悟了天地间许多深奥玄妙的道理，还修炼了一身本领和无穷变化。因觉得凡间的地界太过窄小，就去天界生活了一段时间，结果发现玉皇大帝的灵霄宝殿也不是一个可以久待的地方。世间历代君王都是世袭，王位早就安排好了，其他人基本没有机会，天界当然也不例外。

可我齐天大圣信奉的是强者为尊、英雄争先，现在我就是强者，当然要与无能的玉帝一争高下。"

悟空在诗的前四句，简单介绍了自己的出生来历、初始家业、精神追求。"炼就长生多少法"等四句，述说自己本领高强、心志高远。"灵霄宝殿非他久"等四句，表明自己有打破世袭尊卑、等级森严的决心。这首简短的自叙诗，充分体现了悟空不屈不挠、愈战愈勇的精神状态和强者为尊、英雄争先的思想观念。因为如来佛祖无所不知，所以悟空重点向他表明自己的态度与决心。

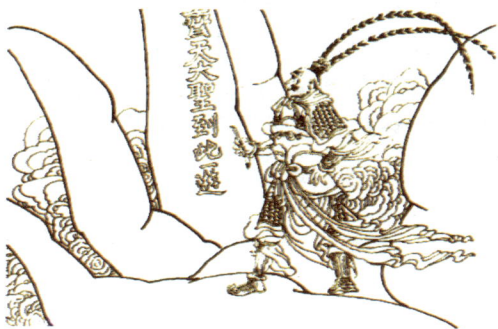

悟空恶行遭报应

当年卵化学为人，立志修行果道真。
万劫无移居胜境，一朝有变散精神。
欺天罔①上思高位，凌②圣偷丹乱大轮。
恶贯满盈今有报，不知何日得翻身。

注释
①罔：欺骗。
②凌：侵犯。

赏析

当孙悟空终于被如来佛祖压在了五行山下的时候，众天神与佛祖的弟子吟唱了这首诗。

诗歌大意为：当初这个由石卵仙化而成的石猴，要学人形，做人样，立志修行，拜师求道。他习得一些本领，就极不安分，在下界胡作非为；即便是到了天庭仙境，也不愿安心享福。他施展手段，变化多端，欺上瞒下，思谋帝位，历经劫难，不思悔改，凌驾圣上，违背伦理，偷食仙丹，恶贯满盈。如今这妖猴终于被如来佛祖压在五行山下，得到了应有的报应。

诗文传达了君臣伦理、因果报应等儒、佛思想。最后一句"不知何日得翻身"，为日后唐僧解救孙悟空埋下了伏笔。

安天大会

宴设蟠桃猴搅乱，安天大会胜蟠桃。

龙旗鸾辂①祥光霭，宝节②幢幡③瑞气飘。

仙乐玄歌音韵美，凤箫玉管响声高。

琼香缭绕群仙集，宇宙清平贺圣朝。

注 释

①鸾辂：天子王侯所乘的车。辂：古代一种大车。
②宝节：符节，古代派遣使者或调兵时用作凭证的东西。
③幢幡：指佛教、道教所用的旌旗，建于佛寺或道场之前。

赏 析

大闹天宫的孙悟空，终于被如来佛祖压在了五行山下。玉皇大帝特设天庭御宴，邀请"三清、四御、五老、六司、七元、八极、九曜、十都、千真万圣，来此赴会，同谢佛恩"。如来佛祖将这次盛大宴会命名为安天大会。本诗正是写安天大会的盛况。

诗句开场就点明了举办安天大会的原因，因为先前设的桃宴被悟空给搅乱了，王母娘娘重新举办了一个宴会，取名为安天大会，来招待各位上仙，以安天庭。这场大会与蟠桃宴的规格相比只高不低。宴会场面宏大，龙旗鸾辂萦绕着万道祥光，宝节幢幡飘忽着千层瑞气。

"仙乐玄歌""凤箫玉管"，真是好一派歌舞升平的气象！琼浆佳肴，香气缭绕，群仙和睦，天庭和谐。这一刻仿佛大家都忘记了悟空的存在，依然按照原有的秩序过着美好和谐的生活。天下一派清平，大家都来称贺圣朝。

蟠　桃

半红半绿喷甘香，艳丽仙根万载长。

堪笑武陵源①上种，争如②天府更奇强！

紫纹娇嫩寰③中少，缃④核清甜世莫双。

延寿延年能易体，有缘食者自非常。

注　释

①武陵源：即桃花源，是陶渊明《桃花源记》中的地名。

②争如：何如。

③寰：广大的地域。

④缃（xiāng）：浅黄色。

赏析

　　这是一首状物诗，是赞美蟠桃的。难怪先前悟空在蟠桃园吃得津津有味，在这首诗里，我们终于找到了答案。

　　蟠桃颜色漂亮，"半红半绿"，而且味道甜美，"喷甘香"。能结出蟠桃的自然是仙树，由王母娘娘亲手栽种，也不知道生长了几万年。"堪笑武陵源上种，争如天府更奇强！"这是笑世人都推崇武陵源的桃树，又怎么比得上天庭的蟠桃呢！这蟠桃简直是世间少有，举世无双。如此神果，并非什么人都能吃到的。众所周知，蟠桃园乃是王母娘娘的地盘，王母娘娘代表的是天庭的最高统治者，她说"有缘食者自非常"，能够吃到蟠桃的都是有缘人，都是能够入王母盛宴的，都是地位尊崇的天庭大仙。所以不难看出王母娘娘的蟠桃宴也好，安天大会也好，都是为了安抚人心，维护天庭秩序，进一步管理好天庭。悟空能够吃到蟠桃，也是一个"非常"的"有缘食者"，虽然他屡屡闹事，但是他的不凡是无法否定的。

寿　星

一阵异香来鼻嗅，惊动满堂星与宿①。

天仙佛祖把杯停，各各抬头迎目候。

霄汉②中间现老人，手捧灵芝飞蔼绣。

葫芦藏蓄万年丹，宝箓③名书千纪④寿。

洞里乾坤任自由，壶中日月随成就。

遨游四海乐清闲，散淡十洲容辐辏⑤。

曾赴蟠桃醉几遭，醒时明月还依旧。

长头大耳短身躯，南极之方称老寿。

注 释

①宿：星座。
②霄汉：云霄和天河，指天空。
③宝箓：记载神名簿籍。
④纪：十二年为一纪。
⑤辐辏：聚集。

赏析

　　这是一首写人的诗，写的是大家耳熟能详的寿星。在众仙当中，寿星也是一个重量级的存在，从他的出场就可见一斑。

　　人还未到，就已经异香扑鼻而来，顿时安天大会上满堂的大仙都被惊动了，就连佛祖也放下了杯盏，抬头迎接寿星的到来。天空当中出现一位老人，他手捧着灵芝，腰间挂着一个大葫芦，葫芦里存放着万年前的仙丹，宝箓之上记载着他的千纪寿元。寿星寿命长，生活安乐，没事就在洞府逍遥自在，或者是遨游四海，有聚会的时候就去凑个热闹。寿星也曾几次赴蟠桃盛宴，每次都喝醉，醒来之时明月依旧，也不知道醉了多久。寿星就是这样一个逍遥自在的大仙，他的头略长、耳朵大、身躯矮小，他是南极仙翁，又称老寿星。这首诗详细描写了寿星寿命之长和地位之尊崇。

碧藕金丹奉释迦

碧藕金丹奉释迦①，如来万寿若恒沙②。

清平永乐三乘③锦，康泰长生九品花④。

无相门中真法主，色空天上是仙家。

乾坤大地皆称祖，丈六金身福寿赊⑤。

注释

①释迦：释迦牟尼，即如来佛祖。
②恒沙：即"恒河沙数"，形容极多。
③三乘：佛教用语，即三种交通工具，比喻运载众生渡越生死到涅槃彼岸的三种法门，有普度众生之意。
④九品花：佛教用语，指佛教的九品莲花。与"三乘"一样，有普度众生的意思。
⑤丈六：一丈六尺，指佛化身的长度。金身：装金的佛像。赊：长，久。

赏析

这首诗写的是寿星来到安天大会，感恩佛祖降服了妖猴，特意将紫芝瑶草、碧藕金丹奉上。此诗对佛祖如来极具推崇，有美好的祝福，也有崇拜之情。

寿星把碧藕金丹献给了佛祖如来，望他万寿无疆，普度众生，保世间清平永乐。寿星对佛祖极尽赞美，说他是真正的佛，真正的仙，天地万物都应该称他为祖，福寿无边。

佛祖这个人物在《西游记》当中确实神通广大，法力无边。在众人都对悟空束手无策的情况下，如来却凭一己之力把悟空压在了五行山下，他就成为天庭的救世主，免去了玉帝、王母娘娘等众仙家的灾难。所以在安天大会上，上自王母娘娘，下至众仙，都在极力表达一种感激之情。

猴妖大胆反天宫（二首）

妖猴大胆反天宫，却被如来伏手降。
渴饮溶铜捱岁月，饥餐铁弹度时光。
天灾苦困遭磨折，人事凄凉喜命长。
若得英雄重展挣①，他年奉佛上西方。
伏逞豪强大事兴，降龙伏虎弄乖能。
偷桃偷酒游天府，受箓承恩在玉京②。
恶贯满盈③身受困，善根不绝气还升。
果然脱得如来手，且待唐朝出圣僧。

注释

①展挣：挣扎。
②受箓：天子接受天赐的符命之书，也指道家接受符箓。
③恶贯满盈：形容罪大恶极。

赏析

　　这个大胆的妖猴，降龙伏虎，功夫超群，喜好卖弄，得势一时，受到玉皇大帝的恩惠来到天庭，却不思悔改，胡作非为：他偷蟠桃、盗仙酒、闹天宫，竟然还企图推翻玉皇大帝对天庭的统治，确实恶贯满盈。玉帝奈何不得，只好请来佛祖帮忙。如来佛祖虽然伏手将悟空压在了五行山下，但念其善根未尽，遂令山边诸神在他饥渴的时候，送些铁质弹丸、溶化铜汁给他食用，以后自然会有唐朝圣僧前来救他摆脱困境。值得庆幸的是，吃了众多仙桃、仙丹的孙悟空，意志坚强，本领过人，寿命极长，虽然风刀霜剑岁月难挨，孤独凄凉受尽磨难，

但他终会在奉佛祖旨意去西天取经的路上重展雄风。

两首诗都以叙事为主，写人为辅，相互补充，互文见义。为了吸引读者对本书的兴趣，两首诗在句尾都对后面即将出现的情节和人物做了预告。

两首诗的语言非常有特色，是世俗、道家、佛教用语的结合体，很适合事件发生的特定场合。"渴饮溶铜捱岁月"句中的一个"捱"字，道尽了悟空受困于五行山下的悲凉与凄苦。

第八回

苏武慢·试问禅关

试问禅关①，参求②无数，往往到头虚老。磨砖作镜③，积雪为粮，迷了几多年少？毛吞大海，芥纳须弥④，金色头陀微笑。悟时超十地⑤三乘，凝滞了四生六道⑥。

谁听得绝想崖前，无阴树下，杜宇一声春晓？曹溪⑦路险，鹫岭⑧云深，此处故人音杳⑨。千丈冰崖，五叶莲开，古殿帘垂香袅⑩。那时节，识破源流，便见龙王三宝。

注释

①禅关：修道者。
②参求：参禅求道。
③磨砖作镜：喻事情不能成功。
④芥纳须弥：佛法广大，可以藏须弥山于芥子之中。
⑤十地：佛教指菩萨修行经历的十种境界。
⑥四生六道：四生指胎生、卵生、石生和化生。六道指地狱、饿鬼、畜生、阿修罗、人间、天上。
⑦曹溪：六祖慧能演法之地。
⑧鹫岭：如来印度讲经之地。
⑨杳：无影无声。
⑩袅：缭绕。

赏析

这首词是第八回的开篇词，写的是如何参禅悟道，分上下两片。虽然写佛理，却并不枯燥，读来反而很有趣，韵味十足。

上片是从反面写参禅求道的误区。开篇开门见山地点出佛门之中参禅悟道的人很多，可是到头来大都一事无成。有多少人执迷不悟，把光阴浪费在妄想磨砖作镜、积雪为粮这种毫无意义的事情上。然后说佛法无边，可以一根毫毛囊括大海，可以藏须弥山于芥子之中。修行达到更高的境界，就可以免去六道轮回之苦。

下片是正面写如何才能真正参禅悟道。在那没有杂念的山崖前，在那没有树荫的菩提树下，谁能听得到春天里的杜鹃啼鸣？参禅求道有艰难险阻，通往曹溪路途艰险，鹫岭之上云深雾绕，遥远的距离使人们看不见佛祖的身影，听不到佛祖的声音。历尽千难万险，到达千丈冰崖之上，才能看到五叶莲花开放，古老的佛殿帘幕低垂，香烟袅袅。那个时候，才能悟出禅理，达到佛法的最高境界。

福禄寿

福诗

福圣光耀世尊①前，福纳弥深远更绵。

福德无疆同地久，福缘有庆与天连。

福田广种年年盛，福海洪深岁岁坚。

福满乾坤多福荫，福增无量永周全。

注 释

①世尊：对佛陀的尊称。

②斛：容器，也是容量单位，五斗为一斛。

③钟：古代容量单位，六斛四斗为一钟。

④霭：祥云。

禄诗

禄重如山彩凤鸣，禄随时泰视长庚。

禄添万斛②身康健，禄享千钟③世太平。

禄俸齐天还永固，禄名似海更澄清。

禄思远继多瞻仰，禄爵无边万国荣。

寿诗

寿星献彩对如来，寿域光华自此开。

寿果满盘生瑞霭④，寿花新采插莲台。

寿诗清雅多奇妙，寿曲调音按美才。

寿命延长同日月，寿如山海更悠哉。

赏析

佛祖居于灵山大雷音宝刹之间，一日，他唤聚诸佛、阿罗、揭谛、菩萨、金刚等，告诉他们要一起参加"盂兰盆会"，并且布散宝盆中花果物品。大众感激，各自献诗表达谢意。《福诗》《禄诗》《寿诗》皆是众菩萨罗汉所献之诗。

这三首诗都是同头诗，即每句诗的开头一字都相同，大致与独韵诗相对称。同头诗在南朝时就已有，后世继有所作，专门以福、禄、寿为首的诗却并不多见，整首诗里都有其中一个字眼的更是少之又少。

菩萨罗汉们祝福佛祖多福、多禄、多寿，吉祥美好的寓意融入了民间文化的方方面面。福星、禄星、寿星作为中国民间信仰的三位吉神，福星天官，以赐福为职；禄星文昌，主功名利禄；寿星，即南极老人星，为长寿之象征。

吴承恩用这三首诗极力渲染了西天佛国中众仙献瑞福寿无疆的场面。

南海观世音菩萨

理圆四德①，智满金身。缨络②垂珠翠，香环结宝明，乌云巧迭盘龙髻，绣带轻飘彩凤翎。碧玉纽，素罗袍，祥光笼罩；锦绒裙，金落索③，瑞气遮迎。眉如小月，眼似双星。玉面天生喜，朱唇一点红。净瓶甘露年年盛，斜插垂杨岁岁青。解八难④，度群生，大慈悯：故镇太山，居南海，救苦寻声，万称万应，千圣千灵。兰心欣紫竹，蕙性爱香藤。她是落伽山上慈悲主，潮音洞里活观音。

注释

①四德：佛教用语，指常德、乐德、我德、净德。
②缨络：将项圈、项链、长命锁等颈饰融为一体的一种饰物。
③金落索：金链子。
④八难：佛教术语，谓难于见佛闻法，凡有八端，故名八难。

赏析

小说写到如来佛祖想要找一个神仙，到东土寻一个善信，让他苦历千山万水，到灵山大雷音宝刹取三藏真经，永传东土，劝化众生。这时观音菩萨应声而出，表示自己愿意前往东土寻找取经之人。

只见观音佛理圆满，符合四德，智慧流转，护满金身。颈上佩戴着镶嵌珍珠和玉翠的项圈，宝光闪闪，非常明亮。乌黑的头发巧妙地堆叠成盘龙发髻，身上轻飘的绣带就像是彩凤的羽翎。在千条万缕

的祥光瑞气映射之下，菩萨结碧玉的纽扣，穿素白的罗袍，着锦绣的绒裙，佩黄金的链坠，光芒笼罩，华彩绽放。她的眉毛弯弯如同新月，眼睛明亮好似双星，洁白如玉的面孔天生喜相，唇圆如珠。手持年年盛满的净瓶甘露，里面斜插着永远青翠的杨柳枝条。菩萨解救八难，超度群生，大慈大悲，怜悯世人。她镇守太山，居住南海，循声救苦救难，可以说是万称万应，千圣千灵。她兰心蕙质，欣赏紫竹，喜爱香藤，正是落伽山上慈悲的主人，潮音洞里的观世音。

猪八戒

卷脏莲蓬吊搭嘴，耳如蒲扇显金睛。

獠牙锋利如钢锉，长嘴张开似火盆。

金盔紧系腮边带，勒甲丝绦蟒退鳞。

手执钉钯龙探爪，腰挎弯弓月半轮。

纠纠威风欺太岁①，昂昂志气压天神。

注释

①太岁：指天上当值的太岁星君。道教认为，太岁是太岁神的简称，乃道教值年神灵之一，一年一换，当年轮值的太岁神叫值年太岁（流年太岁）。太岁神在所有神中，影响力最大，素有年中天子之称，掌管人世间一年的吉凶祸福。

赏析

在第八回中，观音菩萨主动请领佛旨，去东土寻找取经人。途中，观音和弟子惠岸遇到了诗中所描述的这位被贬凡尘的前天蓬元帅。

只见八戒吊搭着一只长长的猪嘴，看起来就像一个卷边起皱的脏莲蓬；耳朵像大蒲扇，牵拉在脑袋上，却显露出一双精光四射的眼睛。他张开火盆一样的大嘴，露出像钢锉一样尖锐锋利的獠牙。

头上的金盔紧系着腮边的带子，勒甲的丝绦像巨蟒退鳞，手持钉钯像巨龙探爪，腰里挎着像半轮月亮一样的弯弓，显得那样威风赫赫，器宇轩昂，看上去甚至可欺压太岁，那昂昂的气势似乎能力压天神！

　　本诗结构严谨，用形象的比喻描绘了八戒的相貌特征、衣着打扮、随身武器和人物神情，可谓特征突出，神形兼备，将一个虽然面貌丑陋，却本领高强、气势威风的猪八戒的形象描绘得栩栩如生。

第九回

蝶恋花·烟波万里扁舟小

烟波万里扁舟①小，静依孤篷②，西施声音绕。涤虑洗心③名利少，闲攀蓼穗兼葭④草。

数点沙鸥堪⑤乐道，柳岸芦湾，妻子同欢笑。一觉安眠风浪俏，无荣无辱无烦恼。

注释

①扁舟：小船。
②孤篷：孤舟。
③涤虑：清除烦忧；洗心：除去杂念。
④兼葭：特定生长周期的荻与芦，喻微贱。兼：没长穗的荻；葭：初生的芦苇。
⑤堪：实在。

赏析

这首词的大意如下。

烟波浩渺的水面，舟船看上去那么小。船篷悄无声息地撑开，显得有些孤寂。潺潺水声，好似美女西施浣纱时搅起的音律，在空中萦绕了千年。清澈的流水，可以滤去世俗的利欲熏心，让人有闲暇去亲近、攀扯水边的植物，遐想"兼葭苍苍"时节"在水一方"的佳人。

几只沙鸥，无忧无虑地在水上嬉戏飞翔。柳树成荫的河岸，芦苇茂盛的河湾，都可以听到妻儿们的欢声笑语。这样的水乡生活，真能让人宠辱不惊抛却烦恼，风浪再大的夜晚都可以安然入眠。

蝶恋花·云林一段松花满

云林一段松花满，默听莺啼，巧舌如调管。红瘦绿肥春正暖，倏然①夏至光阴转。又值秋来容易换，黄花香，堪供玩。迅速严冬如指捻②，逍遥四季无人管。

注释

①倏然：表示时光很快。
②捻：捏。

赏析

这首词的大意如下。

在云雾缭绕的山间，花草满地，树木成林。鸟鸣莺啼，婉转悠扬，使山林显得更加寂静。时光飞转，稍纵即逝，刚刚还是绿肥红瘦、暖意融融的春天，忽而就到了炎热的夏季。

秋天来了，菊花馨香，正是登高游玩的好时节。冬天的脚步更为急迫，严寒仿佛是在搓手取暖的瞬间来了又去了。这是多么无拘无束、四季逍遥的山居生活啊！

鹧鸪天·仙乡云水足生涯

仙乡①云水足生涯，摆橹横舟便是家。活剖鲜鳞烹绿鳖，旋蒸紫蟹煮红虾。

青芦笋，水荇②芽，菱角鸡头③更可夸。娇藕老莲芹叶嫩，慈菇④茭白鸟英花。

注释

①仙乡：指神仙居住的地方。
②荇：荇菜，一种水生植物，嫩时可食用。
③鸡头：水生植物，其果实称"鸡头米"，供食用或酿酒。
④慈菇：又名茨菇，一种水生植物，可食用或药用。

赏析

这首词的大意如下。

水乡物产丰盈，随处都能找到新鲜美味的食物。自由自在、随性而为地生活在水边，就能过上非常富足的生活。刚刚还是活蹦乱跳的鱼虾、蟹鳖，转眼就成了色香味俱全的鳞烹绿鳖、清蒸紫蟹、盐水红虾。

还有青色的芦笋、鲜嫩的水芽、菱角、鸡头米、莲藕、水芹菜、慈菇、茭白、乌英花等，都是生长在水中的可口素食。水乡的生活自给自足，家随舟行，船漂到哪里，家就安在哪里。生活在这里的人啊，真像是在云中随意漫游的神仙。

鹧鸪天·崔巍峻岭接天涯

崔巍①峻岭接天涯，草舍茅庵是我家。腌腊鸡鹅强蟹鳖，獐豝②兔鹿胜鱼虾。

香椿叶，黄楝芽③，竹笋山茶更可夸。紫李红桃梅杏熟，甜梨酸枣木樨花④。

注释

①崔巍：高大雄伟的样子。
②獐豝：两种动物。獐：哺乳动物，形状像鹿，体较小，皮可制革。豝：母猪，这里泛指野猪。
③黄楝芽：黄楝树的嫩芽。
④木樨花：桂花。

赏析

这首词的大意如下。

山势险峻的连绵高山，有一处毫不起眼的茅草屋，那就是我看上去非常简陋的家。进到屋里你会发现，到处都悬挂着腌鸡、腊鹅、獐子肉、野猪肉、野兔肉、麋鹿肉。这些山中野味，可都比蟹鳖鱼虾强多啦。说完了肉食，再来夸夸山中的素食、水果。这里有香椿叶、黄楝芽、竹笋、山茶、木花，还有紫色的李子、红色的桃子、青色的梅子、黄色的杏子、甜的梨子、酸枣子……

天仙子·一叶小舟随所寓

一叶小舟随所寓，万迭烟波①无恐惧。垂钩撒网捉鲜鳞，没酱腻②，偏有味，老妻稚子团圆会。

鱼多又货长安市，换得香醪③吃个醉。蓑衣当被卧秋江，鼾鼾睡，无忧虑，不恋人间荣与贵。

注释

①万迭烟波：水面上雾气无数次地轮流升腾。迭，更替、轮流。
②酱腻：食物油脂过多而且黏稠，使人不想吃。
③醪：浊酒。

赏析

这首词的大意如下。

在万里无垠、烟波浩渺的水面上，一艘小船就是家的寓所，逐浪追涛，无所畏惧。有时垂钓，有时撒网，捕获了很多鱼鲜水产。虽然没有太多的作料、油水，但做出的菜肴着实鲜香有味，顿顿都能和老婆孩子一起吃团圆饭，一家人其乐融融。家中多余的水产品，可以拿到长安城的街市上去换些酒水，然后一醉方休。完全忘记人世间的荣华富贵，穿着用蓑草编织的外衣，在江水中行进的舟船上和衣而卧，酣然入睡，无忧无虑，那是何等的自由自在、超然洒脱！

天仙子·茅舍数椽山下盖

茅舍①数椽②山下盖，松竹梅兰真可爱。穿林越岭觅干柴，没人怪，从我卖，或少或多凭世界。

将钱沽酒随心快，瓦钵磁瓯殊自在，酕醄③醉了卧松阴，无挂碍，无利害，不管人间兴与败。

注释

①茅（máo）舍：茅草屋。
②数椽：数间。椽：房屋间数的代称。
③酕醄（máo táo）：大醉的样子。

赏析

这首词的大意如下。

我家的几间茅草屋建在山下，因为有松、竹、梅、兰的映衬，陋室也显得非常雅致、可爱。我经常翻山越岭去寻觅可以烧火的干柴，想砍多少就砍多少，想卖多少就卖多少，任由我的意愿。我可以随心所欲地用卖柴得到的钱买酒，至于是用小瓦钵还是用大磁瓯喝酒，全凭兴之所至。喝醉了，就和衣躺在松树林间阴凉处，无牵无挂，不计得失，哪管人间兴败荣辱。

观音菩萨遵照如来佛祖的旨意前往东土寻找取经人，从灵山大雷音寺一路向东来到了长安。作者并未顺势描写长安的繁华，而是将笔墨重点落在两位隐士对水乡生活和山居生活的吟唱上，为后面讲述唐太宗起死回生的故事做了过渡与铺垫。作者用了几组诗词的唱和，来描写长安城外的山清水秀，以及隐士的山居与水乡生活。

这几组诗词，是两位不登科进士的酒后对诗，看似与本回的情节关系并不密切，但这是道家天人合一、无为思想引领下的一种有别于帝王、佛门、世俗生活的处世态度，表现了作者对这种生活方式与生活态度的赞赏和对隐逸思想的认同。

　　渔翁张稍和樵夫李定是两位居住在长安城外泾河岸边的不登科进士，他们在长安城卖了各自的柴火、鱼虾，畅饮半酣。归去途中，他们沿着河岸一边缓缓行走，一边喝酒斗诗，颂扬自己的隐士生活。其中，两首《蝶恋花》吟诵的是水乡、山林的美丽景色，以及他们生活其间的潇洒自由。两首《鹧鸪天》分别吟咏水乡与山中物产。诗中运用绿、红、青、白、黄、紫等色彩，使得画面丰富鲜明；摆、剖、蒸、煮、腌腊等动词，充满浓郁的生活气息；鱼虾蟹鳖、芦笋白、鸡鹅兔鹿、香椿竹笋等动植物入诗词，俗中见雅。两首《天仙子》，从寓所与大自然的浑然一体写起，将水乡与山居生活吟咏得有滋有味、有酒有醉，表现出作者返璞归真、天人合一、清心寡欲、自然无为等道家思想。

　　这几组诗词，从自然美景、衣食住行、辛勤劳作、休闲娱乐、家人恩爱、交友聚会等不同方面，全景式描写了隐士的生活环境、生存状态、情绪心境、社交方式等，抒发了作者远离功名、安贫乐道的人生态度和文人情怀。这种植根于中国发达农耕文明的隐士生活，既有游世、出世等道家思想的影响，也有"邦有道则仕，邦无道则隐""穷则独善其身，达则兼济天下"等儒家精神的体现。这些将山水风光与生活方式巧妙融合的山水诗、隐逸诗，是中国独有的"隐士文化"的一个方面。

　　这些诗词一来表达了作者自己的生活态度和文人情怀，二来也符合读者看闲书时的心境。因为小说在中国古代虽然属于通俗文化范畴，但在当时教育远未普及的年代，能够识文断字

的士人、文人，或是粗通文墨能够阅读小说的人，绝对属于小众。古典小说并非像今天这样可以直接面向大众，其创作理念、表达方式、观点视角与价值取向等，都具有浓重的文人色彩，是一种以满足文人精神需求为主的文学样式。

江上渔翁

闲看天边白鹤飞，停舟溪畔掩苍扉①。
倚篷②教子搓钓线，罢棹③同妻晒网围。
性定果然知浪静，身安自是觉风微。
绿蓑④青笠⑤随时着，胜挂朝中紫绶⑥衣。

注释

①扉：门扇，引申为屋舍。
②篷：车船等用以遮蔽风雨和阳光的设备，用苇席或布制成。
③棹：划船的一种工具，形状和桨差不多。
④蓑：是劳动者用一种不容易腐烂的草（民间叫蓑草），编织成厚厚的像衣服一样能穿在身上遮雨的雨具。
⑤笠：用竹篾或棕皮编制的遮阳挡雨的帽子。
⑥紫绶：紫色丝带。古代高级官员用来作印绶，或作服饰。

赏析

是渔樵对诗十四首其十一，为渔翁张稍所作，诗歌大意如下。

平静的江畔上有白鹤自天边飞过，朴素的房屋坐落在溪畔，渔翁江上捕鱼归来，斜倚在船篷边教儿子搓钓鱼用的线，停下船桨与妻子整理晾晒渔网。温馨闲适的生活令人内心平静，只觉得风平浪静，哪怕身上穿戴的是蓑衣竹笠，也胜过朝廷高官的紫绶罗衣。

读罢此诗，一个天性自然、不慕名利、淡泊旷达的隐士形象跃然纸上。这首诗表面上写江上渔翁，其实是作者吴承恩内心的写照。作者敬佩寄情山水、淡泊名利的隐士贤者，于是借渔翁之口表达自己对大自然的向往和对平静闲适生活的渴望。

山中樵夫

闲观缥缈白云飞，独坐茅庵掩竹扉。

无事训儿开卷读，有时对客把棋围。

喜来策杖①歌芳径②，兴到携琴上翠微③。

草履④麻绦⑤粗布被，心宽强似着罗衣⑥。

注释

①策杖：拄着拐杖。
②芳径：山间开满野花的小路。
③翠微：指青翠的山。
④草履：草鞋。
⑤麻绦：用粗麻编织的带子，老百姓一般拿来当腰带用。绦，用丝编织的带子或绳子。
⑥罗衣：轻软丝织品制成的衣服，与麻绦相对。

赏析

　　这是《西游记》第九回渔樵对诗十四首之十二，这一首诗是樵夫李定所写。

　　诗歌大意为：如果说江上渔翁是水上隐者，那么山中樵夫就是山中贤士。樵夫于翠林修竹所掩映的茅屋之中，坐看云卷云舒，闲来无事时教自己的儿子读读书，与到访的客人下下棋。高兴了就拄着手杖漫步于林间幽静的小路，放声歌唱；抱着心爱的琴登上山头，自弹自乐。身着罗衣、腰系玉带又如何，还不是整日案头劳碌、蝇营狗苟？还不如穿单鞋、系麻绦的贤上隐者随心所欲和自由自在。这是何等令人向往的生活，不禁让人想起刘禹锡《陋室铭》所写："可以调素琴，阅金经。无丝竹之乱耳，无案牍之劳形"的"陋室"。此处的樵夫亦是作者自己的投影，这首诗把作者不与世俗同流合污，安贫乐道，不慕名利的生活态度表现得淋漓尽致。

太宗设朝文武列班

烟笼凤阙，香蔼龙楼，光摇丹扆①动，云拂翠华流。君臣相契同尧舜，礼乐威严近汉周。侍臣灯，宫女扇，双双映彩；孔雀屏，麒麟殿，处处光浮。山呼万岁，华祝②千秋。静鞭③三下响，衣冠拜冕旒④。宫花灿烂天香袭，堤柳轻柔御乐讴⑤。珍珠帘，翡翠帘，金钩高控；龙凤扇，山河扇，宝辇停留。文官英秀，武将抖擞。御道分高下，丹墀列品流⑥。金章⑦紫绶乘三象⑧，地久天长万万秋。

注释

①丹扆：朱红色的屏风。
②华祝：华封三祝，祝寿、祝富、祝多男子。
③静鞭：挥鞭发出响声，使人肃静。
④冕旒：指皇帝。
⑤讴：歌唱。
⑥丹墀：指古代宫殿前的石阶，因其以红色涂饰，故名丹墀。墀：台阶上面的空地。品流：品类，流别。
⑦金章：高级官员宫殿。
⑧三象：此处指日、月、星。

赏析

　　泾河龙王违背了玉帝敕旨，犯了天条，匆忙之中进入唐太宗的梦里向他求救。太宗梦醒后设朝升座，聚集两班文武官员朝会。这首诗记录的就是此次朝会的情形。

凤阁旁飘着祥云，龙楼被祥瑞之气笼罩着。流光溢彩的天子仪仗一一摆开，侍臣抬灯，宫娥举扇。配金章披紫绶的人在丹墀聚集，在仙乐的声声映衬下，皇帝到了。宝辇出现在黄金殿上，卷上珍珠做的帘子，打开凤羽山河扇，殿前传来三声鞭响，文武官员按品级在御道两旁整齐地站好，遵照礼节向皇帝行礼，声震天地。这是何等恢宏的气势！

这首诗写出了作者心目中贤明君主、理想臣子的形象。

第十回

君臣对弈

棋盘为地子为天，色^①按阴阳^②造化^③全。

下到玄微通变^④处，笑夸当日烂柯^⑤仙。

注 释

①色：佛家用语，指物质的东西，客观存在的事物。

②阴阳：佛家术语，指两相对立的事物。

③造化：自然界。

④玄微通变：玄微，深邃莫测微妙之处。通变，变通，在中国哲学思想中，讲有变才有
通，通"变"则"通"。《周易》中的"易"就是变通。

⑤烂柯：传说西晋有个叫王质的樵夫上山去砍柴，看见两个神仙在下棋，一局看罢，发
现自己的斧子柄已经腐烂。这里比喻人世变迁之大。

赏 析

在第九回中，龙王与袁守诚打赌输了，即将被魏徵监斩，唐太
宗为救龙王，留魏徵在榻处下棋。这盘棋天子与宰相下得相当精
彩，作者便借这首诗进行夸奖。

经纬交错四四方方的棋盘，就好像平坦辽阔的大地，而代表着
黑夜与白昼的扁圆形棋子，就是覆盖这大地的天空，涵盖了对立统
一、天圆地方、阴阳造化等理念。待下棋到深邃莫测微妙之处，又

讲究圆转变通、适时变动，这其中的玄妙变化使人深深沉迷其中，领悟其中的妙趣。就像当年王质看神仙下棋入了迷，等一盘对弈结束，回到村中已过百年，由此可见棋趣！

　　本诗用比喻和典故来渲染唐太宗与魏徵君臣两人对弈的情景，字里行间囊括了中国围棋所蕴含的传统智慧、宇宙观念、怡情养性、传说典故等，堪称绝妙。

第十一回

百岁光阴似水流

百岁光阴似水流，一生事业等浮沤①。

昨朝面上桃花色，今日头边雪片浮。

白蚁阵残方是幻，子规②声切想回头。

古来阴骘③能延寿，善不求怜天自周。

赏 析

这首诗是《西游记》第十一回的回前诗。首联、颔联采用了比喻
和夸张的修辞手法，极言人生之短。百年岁月悠悠，如东流入海的长
河之水不复回，一生的事业成就和短暂易逝的生命，就像泡沫一样易
生易灭，变化无常。昨天还是一个面如桃花的少年，今天已是两鬓斑
白、白发苍苍的老人。颈联、尾联写作者浮生所得和内心感受：看到

白蚂蚁摆的阵残了，方觉人生如梦幻，只剩下对往事的悲切、思念和悔恨；听到杜鹃啼血"不如归去"的哀切凄鸣，就急切地想要回头。自古以来，只有多积阴德方能延年益寿，若你一生都在做好事、积善德，即使你不求上天的可怜，上天也会护你的周全。

本诗借唐太宗所见，引导人们积德行善、向善向上，虽有迷信的思想，但也传达着积极的意义。

陈玄奘小传

灵通本讳号金蝉，只为无心听佛讲。

转托尘凡苦受磨，降生世俗遭罗网。

投胎落地就逢凶，未出之前临恶党。

父是海州陈状元，外公总管当朝长。

出身命犯落江星，顺水随波逐浪泱①。

海岛金山有大缘，迁安和尚将他养。

年方十八认亲娘，特赴京都求外长。

总管开山调大军，洪州剿寇诛凶党。

状元光蕊脱天罗，子父相逢堪贺奖。

复谒②当今受主恩，凌烟阁③上贤名响。

恩官不受愿为僧，洪福沙门将道访。

小字江流古佛儿，法名唤做陈玄奘。

注释

①泱：水深而广。

②谒：拜见。

③凌烟阁：唐朝为表彰功臣而建的绘有功臣图像的高阁。凌烟阁位于唐朝皇宫内三清殿旁，因唐太宗敕令、阎立本绘图、褚遂良题字而成的《凌烟阁二十四功臣图》闻名于世。

赏析

唐太宗从阴司还魂之后，为报答开封府相良存放在地狱的一库冥财使其顺利脱困，下旨修建大相国寺。寺庙建成之后，选了一名有德行的高僧主持水陆大会超度阴间冤魂。本诗就是这位高僧陈玄奘的身世小传。

这位高僧的前世金蝉子，是如来佛祖的弟子，因为不专心听佛祖讲经，被贬到凡尘经受磨难。他浑然不知前世之事，完全以肉身凡胎坠入人间。他的父亲是新科状元、海州人士陈光蕊，外公为当朝丞相殷开山。他命中犯水，时乖运蹇，尚未出生，父亲就被恶人推入江中，自己刚刚出生，就被无奈的母亲绑在木板上丢进江里。他在江中随波逐流，顺着江水一直漂到金山寺附近。幸亏他的前世今生都与禅佛有缘，寺里的和尚发现并救起了他，取名江流养在寺中。江流十八岁那年在金山寺削发为僧，法名玄奘。当他得知自己的身世后，就四处化缘、八方寻觅，终于找到了自己的母亲、祖母等亲人。陈玄奘随后辗转奔赴京城，请丞相外公派兵剿杀了恶人刘洪一伙。陈光蕊因有恩于龙王，在家人来江边祭奠他时，被龙王从水晶宫中放回世间与家人团聚，后被朝廷重用，再度声名大振，在朝廷为表彰功臣所设的凌烟阁上都有一席之位。玄奘则谢绝官爵，立志为僧，去洪福寺继续修行。

通过这首诗，我们可以看到生命轮转、因果报应。此外，西天取经的唐僧师徒连同小白龙化身的白龙马共计五位，都是前世犯错或者有罪在身。这就说明，善与恶的界限通过修行是可以消弭的，正所谓"人有善愿，天必从之"。

第十二回

金蝉脱壳化西涵

龙集贞观正十三，王宣大众把经谈。
道场开演无量法，云雾光乘大愿龛^①。
御敕^②垂恩修上刹^③，金蝉脱壳化西涵。
普施善果超沉没，秉教宣扬前后三^④。

注释

①龛：供佛的小阁。
②敕：帝王的诏书、命令。
③刹：佛寺。
④前后三：泛指各种佛经。

赏析

　　唐太宗在梦中答应保住被玉皇大帝判了死刑的泾河老龙性命，可是他的大臣魏徵却在与他对弈时梦斩老龙。在阴曹地府，被泾河老龙亡灵索了性命的唐太宗，因为得到了判官崔珏的帮助，凭借开封府相良存放在地狱的一库金银，顺利抵达"六道轮回"之所，通过"超生贵道门"起死回生。为了兑现自己在冥府对崔判官的承诺，唐太宗返回人世间后，下令在开封修建大相国寺，并为其竣工举办水陆法会。太宗亲率群臣来寺院上香，聆听高僧玄奘宣讲无量佛法。在水陆大会的讲经台，玄奘正在宣讲地前三贤、后三一乘等多种佛经。道场上祥光普照、云雾升腾，佛龛排排、诵经声声，宣扬善果、超度亡灵。

　　正是这次水陆大会，促使观音菩萨选定玄奘为取经人。玄奘的前世金蝉子是如来佛祖的二徒弟，这次他被钦定为从东方去西方拜佛求经、再将西方真经带回东方的使者，成为沟通东西方文化的桥梁。如此功德，一定会让这个金蝉子最终金蝉脱壳、涅槃成佛。佛教认为，过去的业因，都会有果报；只要多做善事，今后就能多得善果。金蝉子被贬凡尘也是由过去业因所招致的结果，好在他通过江流和尚所积功德，重新获得脱壳成佛的机会。

观音赞锦襕袈裟

三宝巍巍道可尊，四生六道尽评论。
明心解养人天法，见性能传智慧灯。
护体庄严金世界，身心清净玉壶冰。
自从佛制袈裟后，万劫谁能敢断僧？

赏析

本诗大意如下。

崇高的佛、法、僧，是佛教的至尊三宝。众生的出生方式有胎生、卵生、湿生，化生四种，并在天道、阿修罗道、人道、畜生道、饿鬼道和地狱道这六道中轮回。皈依佛门的人，能够从佛教三宝那里获得智慧、悟性、庇护和安宁。佛祖制成的这件锦襕袈裟，可以让穿上它的僧人免堕轮回。

观音赞九环锡杖

铜镶铁造九连环，九节仙藤永驻颜。
入手厌看壳骨瘦，下山轻带白云还。
摩呵①立祖②游天阙，罗卜寻娘破地关③。
不染红尘些子秽，喜伴神僧上玉山。

注释

①摩呵：大、多、胜。
②立祖：指禅宗第五祖弘忍禅师。
③罗卜寻娘破地关：指目连为救母脱离饿鬼道之苦，以神力亲往救之。

赏 析

这根九环禅杖，头部用的是锡、铜、铁，中部用的是永不朽败的九节仙藤。它泛着淡淡的青黑光泽，拿在手中异常轻便，其貌不扬。初祖达摩等禅宗五祖，都曾经携带它游过天宫。俗名傅罗卜的摩诃目连，还带着它去地狱救出了备受煎熬的母亲。拿着这根九环锡杖，可以祛除凡尘的污秽，不遭毒害，非常适合云游四方的高僧携带。

观音菩萨受如来佛祖的委托，携带锦襕袈裟、九环锡杖等宝物，到东土大唐选定了去西天取经的僧人陈玄奘，还化身疥癞和尚，将这两件宝物经唐太宗之手赐给唐僧。这两首诗正是观音菩萨在向唐太宗介绍锦襕袈裟和九环锡杖的神奇之处。后来，唐僧果真携带这两件宝物，踏上了西天取经的征程。

为了使佛教教义通俗易懂，历史上出现过许多佛教故事。诗中"罗卜寻娘破地关"，叙述的是中国历史宗教戏目连的故事：傅罗卜的父亲一生广济孤贫，斋僧布施，升天后受封。他的母亲却不敬神明，破戒杀牲，死后被打入阴曹地府。傅罗卜为超度亡母，排除万难去西天拜求佛祖。佛祖被他的虔诚打动，准其皈依沙门，改名目连，并赐其《盂兰盆经》和锡杖。目连又在地狱历尽艰险，最终寻得母亲，一家团圆超升。

第十三回

玄奘取经

大有唐王降敕封①，钦差②玄奘问禅宗。

坚心磨琢寻龙穴③，着意修持上鹫峰④。

边界远游多少国，云山前度万千重。

自今别驾投西去，秉教迦持⑤悟大空⑥。

注释

①敕封：皇帝的诏书、命令。
②钦差：皇帝亲自派遣。
③龙穴：比喻艰难的境地。龙是中国古代传说中的灵异神物，乃万兽之首。
④鹫峰：佛教圣地。鹫：一种凶猛的雕。
⑤秉教迦持：佛教术语，指执行佛法。
⑥大空：借指佛法。

赏析

　　这首诗是第十三回的回前诗，赞颂了唐三藏不畏艰险、历经磨难西天取经的精神。

　　唐玄奘不怕山高水远，不怕妖魔鬼怪，受到唐王李世民的亲口鼓励和嘱托："宁恋本乡一捻土，莫爱他乡万两金。"李世民称他为"御弟圣僧"，为他取号"三藏"，给他颁发通关文牒。唐玄奘也未辜负李世民的一番苦心，他决定不畏山高水险、龙潭虎穴，也要坚持初心，砥砺前行，踏上西天取经之路，求取禅宗真谛。这一次西行，是宣传佛教、秉持教义、遵循戒律的一次洗礼，不知要穿越多少地方，不知需爬过多少艰难的山，不知将越过多少难越的岭，但唐玄奘已下定决心，告别繁华的大唐去西天寻找能度亡脱苦的大乘佛法。

　　唐玄奘西天取经体现了他锲而不舍、不忘初心的精神，体现了他持之以恒、专注执着的不懈追求。

法门寺①晚景

影动星河近，月明无点尘。
雁声鸣远汉②，砧韵③响西邻。
归鸟栖枯树，禅僧讲梵音④。
蒲团⑤一榻上，坐到夜将分。

注释

①法门寺：位于现在的陕西省宝鸡市扶风县境内，始建于东汉末年恒灵年间，距今约有一千七百多年历史，有"关中塔庙始祖"之称，是唐朝的皇家寺院，在佛教界享有很高的声誉。

②汉：银河，这里指高空。

③砧韵：捣衣声，在古诗词中，凄冷的砧杵声又被称为"寒砧"，往往用来表现征人离妇远别故乡的惆怅情绪。砧：捶打衣服或布料的平滑的砧板。

④梵音：指佛的声音，佛的声音有五种清净相，即正直、和雅、清彻、深满、周遍远闻，为佛三十二相之一。

⑤蒲团：僧人坐禅时用的垫子。

赏析

唐三藏踏上了西行的征途，唐太宗亲自将他送出长安城；到达法门寺后，又有寺内五百多位僧人列队相迎。这首诗描绘的就是唐僧留宿法门寺当晚的情景。

一轮明月，悬挂在法门寺上空，不染一丝纤尘。夜影微动，星河斜倾，仿佛星星流到了地面。大雁的鸣叫悠远缥缈，宛若银河深处传来的天音，更显得邻家清脆的捣衣声富于人间的气息与韵律。归巢的鸟儿栖息在枯树枝丫，安静地聆听禅院内僧人们的妙语梵音。那些与玄奘话别的僧侣，坐在卧榻的蒲团上，一直谈到夜半时分。

诗的前两句写皎洁的明月、闪烁的星河、朦胧的月影、静谧的夜空。"雁声鸣远汉"一句，通过夜行飞雁的鸣叫，将遥远天际的星汉与人间联系到了一起。完全是来自世俗的"砧韵响西邻"，烘托出"禅僧讲梵音"的超凡脱俗；栖树而眠的归鸟，反衬唐僧等人的慷慨激昂与惴惴不安。在法门寺的这个不眠之夜，有"影动""雁声""砧韵""梵音"，反映出即将远行的唐三藏内心的复杂。

天仙子·数村木落芦花碎

数村木落芦花碎，几树枫杨红叶坠。路途烟雨故人稀，黄菊丽，山骨细，水寒荷破人憔悴[1]。

白蘋红蓼[2]霜天雪，落霞孤鹜[3]长空坠。依稀黯淡野云飞，玄鸟[4]去，宾鸿[5]至，嘹嘹呖呖[6]声宵碎。

注 释

①憔悴：烦恼。
②白蘋：即白苹，水中浮草，多年生浅水草木，生于沟渠中。红蓼：一年生草本植物，叶披针形，花小，白色或浅红色，果实卵形、扁平，生长在水边或水中。茎叶味辛辣，可用以调味，全草入药，亦称"水蓼"。
③鹜：鸭子。
④玄鸟：燕子。
⑤宾鸿：鸿雁。
⑥嘹嘹呖呖：鸟叫声。

赏 析

唐僧与法门寺送行的众僧依依惜别之后，直向西前进，此时正是秋季，于是文中出现了这首描绘秋天景色的诗。

漫漫西行之路上，多少村落里的树木已经开始凋零，落叶纷纷，枫叶火红，杨叶金黄，在秋风中飘摇欲坠，河岸边的芦花随风舞动而破碎。一路上烟雨蒙蒙，偶遇的行人身影稀疏，没有一个相识相知的。金黄的秋菊傲然秀丽，寒山因落叶而显得瘦细，水面泛着微寒的波光，水中的残荷破败不堪，如同人儿憔悴受损。

浮在水上的白蘋，同生长在水边的红菱花挨挤交集，都落满了像白雪一般的霜粒。一只孤单的野鸭在黄昏时刻，迎着瑰丽的晚霞奋力前飞，却终于无奈坠水。天色渐渐暗淡了，野云随风乱飞，依稀只见几只黑色的燕子正飞往南方，而又有一排鸿雁纷飞而至，嘹嘹呖呖的鸣叫声，击碎了沉静的夜空。这首诗表现了唐僧取经路上五味杂陈的心绪。

第十四回

即心是佛颂

佛即心兮心即佛，心佛从来皆要物。
若知无物又无心，便是真如法身佛。
法身佛，没模样，一颗圆光①涵万象。
无体之体即真体，无相之相即实相。
非色非空非不空，不来不向不回向②。
无异无同无有无，难舍难取难听望。
内外灵光到处同，一佛国在一沙中。
一粒沙含大千界，一个身心万法同。
知之须会无心诀，不染不滞为净业。
善恶千端无所为，便是南无释迦叶。

赏 析

　　这首回前诗出自北宋道士、内丹学家、诗人张伯端之手，在此处因要描写唐僧踏上西行之路宣佛取经，而被吴承恩借用。张伯端，平生好学，宣扬内丹修炼及道教、禅宗、儒家"虽三分，道乃归一"的三教理想，世称"紫阳真人"。《即心是佛颂》阐释了他对"佛"的理解。

他认为："佛"就是"心"，"佛"就是人的"本性"，"佛"其实就是人的意识。"佛"，无形无体无外在表象形式，没有行动，没有静止，没有来去，以一种非物质的形式存在。正所谓"菩提本无树，明镜亦非台。本来无一物，何处惹尘埃"。万物皆是佛，万物皆存在于人的意识之中，人们肉眼所见的一粒沙中就包含了所有的佛法，人的一个小小的意念之中就包含了大千世界的一切法则，善恶本就在一念之间。世间万物包罗万象，都在人的心中，所以我们要用心去悟道，用清净之心去领悟世间万象，乃至宇宙万象的一切法则。如此，自己就成了佛。

紫阳真人的佛理在于引导执迷不悟的人放下所有执念，去参悟，去修行，如此才能成佛成道。人之修佛拜心就是修心，人要修心，就要放下一切得失，放下世俗的所有俗念，放下肉眼凡胎所见的一切，关注自己的内心世界，还原宇宙本来的面目，还原人最初的本性，最终大彻大悟。这首诗表现了作者对于佛法的深刻理解。

五行山下压大圣

尖嘴朔腮，金睛火眼。头上堆苔藓，耳中生薜萝①。鬓边少发多青草，颔下无须有绿莎②。眉间土，鼻凹泥，十分狼狈，指头粗，手掌厚，尘垢余多。还喜得眼睛转动，喉舌声和。语言虽利便，身体莫能那。正是五百年前孙大圣，今朝难满脱天罗③。

注 释

①薜萝：薜荔和女萝，两种野生植物，指代所有野草。
②绿莎：绿色的莎草。
③天罗：空中结成的网。指五百年前，孙悟空被压在五行山下。

赏析

取经路上，唐僧收到的第一个徒弟、他的第一个保护者，就是经观音菩萨点化、被如来佛用神掌压在五行山下的孙猴子，这段文字是唐僧收第一个弟子悟空时，对他外貌的刻画。

"尖嘴缩腮"写他丑陋的面相，让人见了害怕至极。"金睛火眼"写悟空大闹天宫时被捉住，后被关在太上老君的八卦炼丹炉里烧了七七四十九天，却毫发无损。它双眼被火熏红了，不想反而练就了一双能识妖魔鬼怪的火眼金睛，仿佛神仙的宝物。而后文中极力渲染此时被压在五行山下的悟空，污泥尘垢遍身，狼狈不堪难挪，头上耳中、鬓边领下，到处都是野草，仿佛与石匣长在了一块儿；眉毛上、鼻子上、指头与手掌上全是泥土，整个身体都动弹不得，只有眼睛还能动，嘴巴还能流利地说话。

而现在悟空的救命恩人正是唐僧。当然，唐僧虽是凡身，却是如来佛的弟子金蝉子转世，他的到来，就是悟空脱离五行山之难的时刻，也是悟空心猿归正的开始，是他修成正果的第一步。

西江月·焰焰斜辉返照

焰焰①斜辉返照，天涯海角归云。千出鸟雀噪声频，觅宿投林成阵。

野兽双双对对，回窝族族群群。一勾新月破黄昏，万点明星光晕。

注 释

①焰焰：明亮的样子。

赏 析

唐僧在大唐边境的两界山（五百年前的五行山），听到悟空的呼唤，便将他救出，同时收他为徒。师徒二人刚过两界山，就遭遇猛虎尾随，悟空在唐僧面前首秀本领，一棍将它打死，做了一条虎皮裙。他与师傅且走且叙，不知不觉太阳就落山了。这时，书中出现了这首描写两界山晚景的《西江月》。

烈焰般的落日，将两界山映照得一片火红。飘忽不定的行云，不知哪朵来自天涯、哪朵来自海角。归巢鸟儿，争先恐后、成群结队、叽叽喳喳地飞回林中；回窝的野兽双双对对，结伴而行，纷纷钻进山中的洞穴。黄昏的天空，仿佛被弯弯的新月钩破，慢慢流淌出夜的墨色；微露的星光若隐若现，蒙着一层迷离的光晕。

这首词所营造的躁动不安与神秘气氛，预示着取经之路杀机四伏、凶险不断，与先前悟空棒杀猛虎、取皮做裙的血腥场面非常契合，催促唐僧师徒早早寻个落脚歇息之所，让情节自然过渡到他们所投宿的陈姓老者家中。

天仙子·霜凋红叶千林瘦

霜凋①红叶千林瘦，岭上几株松柏秀。未开梅蕊散香幽，暖短昼，小春候，菊残荷尽山茶茂。

寒桥古树争枝斗，曲涧涓涓泉水溜②。淡云欲雪满天浮，朔风骤③，牵衣袖，向晚④寒威人怎受？

注 释

①凋：冻。
②涓涓：细水缓流的样子。泉水溜：泉水清冷迅疾。
③朔风：冬天的风，寒风。骤：急速。
④向晚：傍晚。

赏 析

　　唐僧在两界山收服了孙悟空以后，师徒二人日行夜宿，饥餐渴饮，不知不觉，又到了初冬时节，这首《天仙子》正是师徒二人一早离开借宿人家后所见到的景象。

　　初冬的风霜像一把利剑，无情地削去众多树木的叶子。地上落满红色的枫叶，宛若林木滴落的鲜血。凋敝、枯萎的山岭上，只有几株松柏依然青葱秀美。尚未开放的梅花香蕊，已经散发出淡淡的芬芳。白昼虽然短暂，但在和煦阳光的照射下，弥散着几分暖意，还有绽开的山茶花，都令人产生还是春天的错觉。忽然看到路边的残菊、水中的枯荷，这才又清醒地意识到，冬天真的来了。只见小桥之下，溪水清冷异常。雪花就躲藏在天上飘浮的云层里，随时都有可能飘然落下。一阵寒风袭来，古树的枝丫瑟瑟颤动，行人禁不住想把快要冻僵的双手插进衣袖取暖。要是到了晚上，寒气就更加逼人了。

　　作者将"霜凋红叶"的秋凉、"暖短昼，小春候"的错觉、"朔风骤，牵衣袖"的冬寒，放在同一首词中表现，颇有趣味。三个季节不同的景物、温度，给人的不同感受，本词都有表达。词中"霜凋红叶千林瘦"一句中的"凋"与"瘦"，"寒桥古树争枝斗"一句中的"争"与"斗"，将人的灵性、感受等，融入自然节令、树木山林，真乃天人合一，妙不可言。

第十五回

鹰愁涧

涓涓寒脉穿云过，湛湛清波映日红。
声摇夜雨闻幽谷，彩发朝霞眩①太空。
千仞②浪飞喷碎玉，一泓③水响吼清风。
流归万顷烟波去，鸥鹭相忘没钓逢。

注释

①眩：通"炫"，
光彩夺目。
②仞：古代八尺或
七尺为一仞。
③泓：清水一道或
一片叫一泓。

赏析

蛇盘山鹰愁涧本是西海龙王之子玉龙三太子等候处斩的地方。他因为犯了逆罪，被玉皇大帝判了死刑。观音菩萨在寻找取经人途中路过此地，得知其遭遇，就答应向玉帝求情免他一死，条件是日后成为取经人的坐骑，需要他在蛇盘山鹰愁涧耐心等候。

这里山高水险，涓涓溪流经常要从云中穿过，透射出丝丝寒意。太阳升起或是落下的时候，湛蓝的水面上，倒映着一轮红日，将清亮波纹点染成五色涟漪。风雨飘摇的夜晚，幽谷中回荡着摄人心魄的声响。晴朗的早晨，光彩炫目的朝霞将天空照亮。当潜在水中的小白龙突然蹿出，会掀起千仞巨浪，还从龙口里猛然喷出碎玉一般的水柱。响彻云霄的吼叫声，让人分不清是水声还是龙吟。一直要等到小白龙消失在烟波浩渺的远方，受惊四散的鸥鹭才想起自己一直未敢回到鹰愁涧觅食。

　　诗的前四句，将鹰愁涧白天与夜晚的景色描绘得有声音、有色彩、有画面。本诗最为出彩的是"千仞浪飞喷碎玉，一泓水响吼清风"两句，活灵活现地表现了小白龙一跃而起的阵势。"流归万顷烟波去，鸥鹭相忘没钓逢"两句，描写被小白龙吓得惊恐万状的鸥鹭，既生动有趣，又情景交融。

白龙马

雕鞍彩晃柬①银星，宝凳光飞金线明。

衬屉几层绒苫②迭，牵疆三股紫丝绳。

辔头③皮札团花粲④，云扇描金舞兽形。

环嚼⑤叩成磨炼铁，两垂蘸水结毛缨。

注释

①柬（jiǎn）：装饰，铆嵌。

②绒苫：绒布做的帘子、垫子。

③辔头：又称马辔、马勒、马笼头，是为了驾驭马、牛等牲口而套在其颈上的器具，一般由嚼子和缰绳组成。

④粲：鲜明，美好。

⑤环嚼（jiáo）：即嚼子，是为了便于驾驭，横放在牲口嘴里的小铁链，两端连在笼头上。

赏析

西海龙王敖闰之子玉龙三太子，因纵火烧了殿上明珠，被龙王一怒告上天庭。玉帝判他忤逆，责打三百下并择日处死。幸亏观音菩萨求情，安排玉龙三太子在蛇盘山鹰愁涧等候成为取经人的坐骑。在和唐僧师徒一番误打误撞后，小白龙顺利加入取经团队，成为唐僧西行之旅不可或缺的神之脚力——白龙马。

神骏并非凡物：马鞍上明晃晃的，雕有精美的图案；束带上装饰着闪亮的银星，镶金嵌宝的马股流光溢彩，金线分明。衬屉上多铺了几层折叠的绒苫，坐上去软软的，特别舒适。牵马的缰绳是三股结实柔韧的紫色丝绳。马笼头上花团锦簇，璀璨亮丽，身上的披挂描金绘兽，威风凛凛。千磨万炼的神铁叩成口嚼，两边还垂坠着既能蘸水，又漂亮美观的毛缨。

这首诗盛赞了装备齐全的白龙马。白龙马最终修成正果，被封为八部天龙，盘绕在灵山山门的擎天华表柱上。

第十六回

锦襕袈裟

千般巧妙明珠坠，万样稀奇佛宝攒①。
上下龙须铺彩绮，兜罗②四面锦沿边。
体挂魈魈从此灭，身披魑魅入黄泉。
托化天仙亲手制，不是真僧不敢穿。

注 释

①攒：聚，凑集、拼凑。
②兜罗：梵语，又称"堵罗""兜罗绵"等，是兜罗树果实中的絮状棉。

赏析

本诗大意：这件袈裟缀满珠宝、奇光异彩、巧夺天工，华贵丝绸的面料上，铺满龙须状的条纹，来自佛国的兜罗绵镶在周边。穿上锦襕袈裟，能让妖魔鬼怪命丧黄泉。这件由天仙亲自缝制的佛衣，只有真正的高僧才配穿着。

在异域的一座观音禅寺内，悟空不听师父劝阻，硬是将锦襕袈裟拿出来，与寺中金池长老珍藏的袈裟比高低。这件可以除邪惩恶的锦襕袈裟，却勾起了金池长老的贪念。为了永久占有锦襕袈裟，他竟然与小和尚广智等合谋，让全寺僧人搬来柴火，打算半夜纵火烧死唐僧师徒。幸亏孙悟空及时发现，向广目天王借来辟火罩，才使他们的阴谋未能得逞，反而自吞恶果，不仅烧毁了寺院，绝望的金池长老还撞墙自尽。这正应了诗句中"托化天仙亲手制，不是真僧不敢穿"的谶语。

　　可见佛门弟子与凡夫俗子一样，也是相当复杂的。人性的弱点并不会因为你入了某个教派，就变得容易克服。小说中观音禅寺的二百多个僧人都参与了纵火行动，却没有一个在火起之后表现出半点慈悲而叫醒唐僧师徒。这绝不是糊涂盲从就可以解释的。佛门绝非净土，同样会滋生邪念、显现罪恶，同样需要改造、需要清理。《西游记》不仅写出了人性的复杂，也写出了宗教的复杂。

取经夜宿观音寺

金禅求正①出京畿②，仗锡③投西涉翠微④。

虎豹狼虫行处有，工商士客见时稀。

路逢异国愚僧妒，全仗齐天大圣威。

火发风生禅院废，黑熊夜盗锦斓衣。

注释

①求正：寻求正道。
②京畿：国都和国都周围的地方。
③仗锡：手持锡杖。
④翠微：青山。

赏析

　　本诗大意：唐三藏为了求取真经，离开了大唐京城长安，手持锡杖一路西行。虽说沿途山光水色青翠缥缈，但人烟稀少、虎豹横行、豺狼当道、危机四伏。在异国他乡的观音寺内，还激起寺院住持金池长老的嫉妒，差点惨遭毒手。多亏齐天大圣威力无穷，吹出风来，将观音寺僧人点燃的大火，引向唐僧卧房之外的禅房。众僧忙着救火，黑熊精就趁乱盗走了金池长老刚刚偷到手的锦襕袈裟。

　　诗的前四句简要回顾唐僧离开长安一路西行的艰难困苦、危若朝露。他走在人烟稀少、虎狼横行的取经道上，苦行修炼，知音难觅。诗的重点是后四句，写唐僧师徒在异国观音寺，因展示一件如来佛祖托观音菩萨转赠给取经人的锦襕袈裟，引起观音寺住持金池长老的美慕和嫉妒，并为了强行占有而杀人灭口。已有二百七十岁的金池长老也算是位得道高僧，但他却为了一件佛衣而抛弃佛法、大开杀戒，想放火烧死同为佛家弟子的唐僧师徒，丝毫不讲所谓慈悲为怀。最后，他因为既丢了锦襕袈裟，又烧毁了寺院，鸡飞蛋打，万念俱灰，绝望自尽。孙悟空虽然皈依佛门不久，他打杀妖怪、消灭劫匪，却并未对佛门弟子动手。当他发现金池长老之流的阴谋，只是在屋顶上吹风助火，并未开杀戒。

黑熊精也是一位佛教爱好者，他与金池长老交往甚密，经常在一起坐而论道、取长补短。可是佛家的戒贪、戒盗，他们都未能做到。他也和金池长老一样，想把锦襕袈裟据为己有，不仅偷走了佛衣，还要大张旗鼓地举办"庆赏佛衣会"，向众人展示、炫耀自己的赃物。金池长老竟然与这样的黑熊精是好朋友，其以往的品行也就略见一斑了。有趣的是，观音菩萨只管接受供奉自己寺院的香火，也不谴责这位住持的恶毒行径，反而在孙悟空向他求助时，责怪孙悟空不听唐僧劝阻，硬是要向观音寺中的僧人炫耀自家的锦襕袈裟，进而诱发了他们的贪念。尽管诗中有"全仗齐天大圣威"的赞美，但对于佛衣失窃这件事而言，悟空确实脱不了干系。

第十七回

悟空黑风山自述

自小神通手段高，随风变化逞英豪。

养性修真熬日月，跳出轮回把命逃。

一点诚心曾访道，灵台山上采药苗。

那山有个老仙长，寿年十万八千高。

老孙拜他为师父，指我长生路一条。

他说身内有丹药，外边采取枉徒劳。

得传大品天仙诀，若无根本实难熬。

回光①内照宁心坐，身中日月坎离②交。

万事不思全寡欲，六根清净体坚牢。

返老还童容易得，超凡入圣路非遥。

三年无漏成仙体，不同俗辈受煎熬。

十洲三岛还游戏，海角天涯转一遭。

活该三百多余岁，不得飞升上九霄。

下海降龙真宝贝，才有金箍棒一条。

花果山前为帅首，水帘洞里聚群妖。

玉皇大帝传宣诏，封我齐天极品高。

几番大闹灵霄殿，数次曾偷王母桃。

天兵十万来降我，层层密密布枪刀。

战退天王归上界，哪吒负痛领兵逃。

显圣真君能变化，老孙硬赌跌平交。

道祖观音同玉帝，南天门上看降妖。

却被老君助一阵，二郎擒我到天曹。

将身绑在降妖柱，即命神兵把首枭③。

刀砍锤敲不得坏，又教雷打火来烧。

老孙其实有手段，全然不怕半分毫。

送在老君炉里炼，六丁神火慢煎熬。

日满开炉我跳出，手持铁棒绕天跑。

纵横到处无遮挡，三十三天闹一遭。

我佛如来施法力，五行山压老孙腰。

整整压该五百载，幸逢三藏出唐朝。

吾今皈正西方去，转上雷音见玉毫④。

注释

①回光：指已经脱离躯体远游的神魂，又返回躯壳。
②坎离：阴气，阳气。
③枭：把头割下悬挂在木上。
④雷音：即大雷音寺，指始建于五世纪的古印度那烂陀寺，是古印度佛教最高学府和学术中心。玉毫：佛眉间白毫，佛教认为它有巨大神力。

赏析

这首诗是悟空与黑熊精开战前的一段自我介绍。黑熊精是异国观音寺金池长老的朋友，因为喜欢佛学、佛衣，偷走了金池长老本想据为己有的锦襕袈裟。后来黑熊精被观音菩萨收为守山大神，与悟空可以算是殊途同归。悟空在这首诗中，向他详细叙述了自己在遇见唐僧之前的一些令他引以为傲的业绩，而这些业绩无论是以道教、佛教，还是儒教的正统观念来看，都是斑斑劣迹。本诗语言明白晓畅、详略得当，基本按照悟空对自我价值的认可度来取舍内容。

孙悟空在诗的前四句介绍了自己天生手段高强、无师自通，想跳出生死轮回，走上了访道之路。从"一点诚心曾访道"句到"不得飞升上九霄"句，说的是他拜师须菩提的经历。因为祖师有言在先，不准悟空日后提及自己，所以他只好以老仙长代称。这一段自叙，虽然孙悟空有故弄玄虚的嫌疑，但仍是对他拜师学艺情节的很好补充。如"他说身内有丹药，外边采取枉徒劳。得传大品天仙诀"和"三年无漏成仙体"等内容，在第一回相应情节叙述中并没有如此明确的表述。也就是说，读者只有通过这首诗才能知道，孙悟空跟须菩提学习了三年，修炼的主要是内功、内丹等道家本领，祖师传授给他的秘诀名为"大品天仙诀"。

在"下海降龙真宝贝"到"水帘洞里聚群妖"的简短过渡中，悟空并没有提及离开须菩提祖师一事，只将金箍棒的来历一句带过。从"玉皇大帝传宣诏"到"五行山压老孙腰"，悟空细数自己与天庭的恩怨，与哪吒、二郎真君的打斗，与太上老君、佛祖、观音等人的交集，最终还是如来佛祖本领最大，将悟空压在五行山下。"整整压该五百载，幸逢三藏出唐朝。吾今皈正西方去，转上雷音见玉毫"说的是悟空人生的第三次重大转折，他皈依佛门，拜唐僧为师，保护师父西天取经。诗的最后两句，是对整首诗的总结，也是悟空对自己的评价。

第十八回

西行春景

草衬玉骢①蹄迹软，柳摇金线露华②新。

桃杏满林争艳丽，薜萝绕径放精神。

沙堤日暖鸳鸯睡，山涧花香蛱蝶驯③。

这般秋去冬残春过半，不知何年行满得真文④。

注释

①玉骢：即玉花骢，泛指骏马，这里指唐僧的坐骑白龙马。
②露华：露水。
③蛱蝶：蝴蝶的一种。驯：顺从，温顺。
④真文：佛经。

赏析

唐僧骑着白龙马，和孙悟空一起离开了异国的观音禅寺。当他们快要走到乌斯藏国高老庄时，已是诗中所描摹的初春。

草木长出了嫩芽，新叶串成的柳枝随风摇摆，如同在向路人招手致意。唐僧骑着白马，行走在柔软的绿草地上，看着满树的桃花、杏花争奇斗艳，攀缘于山野林木的薜荔、女萝，枝藤缠绕，精神抖擞。湿地的沙滩上，鸳鸯等众多水鸟，或静卧，或漫步，或依偎；山坡上盛开的野花，吸引来了无数的蝴蝶；就连山涧里流出的溪水，也都弥散着花的馨香。此番景象与大唐的春色何其相似！唐僧不禁回想起自己去年秋天离开长安时的盛况，感叹如今春天已经过去近半，按照现在的进度，也不知何年何月才能走完这西行之路，取到真经！

本诗从视觉、嗅觉、触觉、知觉等多个层面来写唐僧师徒西行途中的这个春天，巧妙处理了人物与风景的关系，将人在景中行走、景随人行移动、人因景多思的画面都通过诗句表现出来了。

第十九回

猪八戒自述

自小生来心性拙，贪闲爱懒无休歇。

不曾养性与修真，混沌迷心熬日月。

忽然闲里遇真仙，就把寒温坐下说。

劝我回心莫堕凡，伤生造下无边孽。

有朝大限命终时，八难三途悔不喋①。

听言意转要修行，闻语心回求妙诀。

有缘立地拜为师，指示天关并地阙。

得传九转大还丹，工夫昼夜无时辍②。

上至顶门泥丸宫③，下至脚板涌泉穴。

周流肾水入华池④，丹田补得温温热。

婴儿姹女⑤配阴阳，铅汞相投分日月。

离龙坎虎用调和，灵龟吸尽金乌血。

三花聚顶⑥得归根，五气朝元⑦通透彻。

功圆行满却飞升，天仙对对来迎接。

朗然足下彩云生，身轻体健朝金阙。

玉皇设宴会群仙，各分品级排班列。

敕封元帅管天河，总督水兵称宪节。

只因王母会蟠桃，开宴瑶池邀众客。

那时酒醉意昏沉，东倒西歪乱撒泼。

逞雄撞入广寒宫，风流仙子来相接。

见他容貌挟人魂，旧日凡心难得灭。

全无上下失尊卑，扯住嫦娥要陪歇。

再三再四不依从，东躲西藏心不悦。

色胆如天叫似雷，险些震倒天关阙。

纠察⑧灵官奏玉皇，那日吾当命运拙。

广寒围困不通风，进退无门难得脱。

却被诸神拿住我，酒在心头还不怯。

押赴灵霄见玉皇，依律问成该处决。

多亏太白李金星，出班俯囟亲言说。

改刑重责二千锤，肉绽皮开骨将折。

放生遭贬出天关，福陵山下图家业。

我因有罪错投胎，俗名唤做猪刚鬣⑨。

注释

①悔不喋：后悔莫及。

②辍：停止。

③泥丸宫：指两眉之间。

④华池：舌下。

⑤婴儿：佛教指铅。姹女：道教指汞。

⑥三花聚顶：精为玉花，气为金花，神为九花，修炼三花，最后聚之于顶，可以万劫不侵。

⑦五气朝元：炼内丹者不视、不听、不言、不闻、不动，五脏之精气便会朝囟于黄庭。

⑧纠察：举发督察。

⑨刚鬣：古代祭祀所用的猪的专称。

赏析

孙悟空在高老庄第一次见到猪模样的妖精时，并不知道此人就是观音菩萨给唐僧安排的另一位徒弟猪悟能。悟空是为了帮助高家制服这位不受欢迎的妖怪女婿，一路追到福陵山云栈洞的。这首诗就是猪悟能从洞中取出武器九齿钉钯之后，向孙悟空介绍自己的经历、吹嘘自己的本领时的自叙。诗见第十九回"云栈洞悟空收八戒，浮屠山玄奘受心经"。

猪八戒的这首自叙诗比较长，可分为混沌遇仙、拜师学艺、天河任职、犯错受罚几个部分。"八难三途悔不喋"句中的"八难三途"是佛教用语。关于八难有多种解释，其中一种为：地狱、饿鬼、畜生、长寿天、边地之郁单越、盲聋喑哑、世智辩聪、佛前佛后。道家也有八难，分别为：不废道心、不就明师、不托闲居、不舍世务、不割恩爱、不弄利欲、不除喜怒、不断色欲。三途：佛教指火途（地狱道）、血途（畜生道）、刀途（饿鬼道）。那位不知名姓的真仙用这些词汇，目的是为了让人产生畏惧感，真心向佛。

猪悟能在谈修炼九转大还丹神功时，提到了"泥丸宫"。道教称"泥丸九真皆有房"。认为人体有三丹田：在两眉间者为上丹田，在心下者为中丹田，在脐下者为下丹田。本诗中的"泥丸宫"是指上丹田。道家对泥丸宫称谓颇多，有天脑、黄庭、昆仑、天谷等几十种；泥丸宫也可称作"丹田宫"。紧接着，诗中又出现了道教内丹名词"肾水"和道教外丹派术语"婴儿姹女"。肾水分壬水、水。壬水为先天，至清至灵，为炼丹的物质基础；水为后天，由欲念而来，浊而不清。中医将人体内不容易流失的体液称为肾水。婴儿姹女是指水银和朱砂两者的关系。当时的道家在文章中把炼丹时的化学反应说得相当玄妙，用"婴儿"指铅，用"姹女"指朱砂。"灵龟吸尽金乌血"句中的"金乌"，是指中国古代神话中的神鸟，也称"三足乌"。道教将人的精、气、神称为"三花"，将五行之气、五方之气称为"五气"。八戒在作自我介绍时，将如此之多深奥难懂的词汇叠加在一起，不单单是为了说明九转大还丹的神奇玄妙，最主要还是想以此来烘托自己本领高强。

在诗中，猪悟能将自己跟真仙修炼一段说得很虚，使用了大量道、佛常用词汇，显得玄妙含混，想必是因为他学业不精、犯错不少。就像悟空犯忌，被须菩提逐出师门，不准悟空提及自己一样，猪八戒前世遇到的这位真仙应该更是拒绝猪悟能的前世称他为师傅。从这首诗来看，这位真仙是理论偏重于佛教，实践偏重于道教，道、佛合一。从悟空修炼的是地煞术七十二般变化，而悟能学习的是天数三十六般变化这件事情来推测，不排除两人的功夫是同出一门或者干脆就是一个师傅。

总之，这是一首体现丹道学思想的诗，同时也反映了猪悟能的好色本性，以及他喜欢故弄玄虚、本领欠佳等基本事实。丹道学是中国学者数千年来苦苦探究宇宙自然法则和人体生命科学的智慧结晶，认为通过丹道学的人体修炼系统工程，按法诀完成内丹筑基、炼精化气、炼气化神、炼神还虚四个修炼程序，可以最大限度地开发个体生命和心灵的潜能，使自身的精气神与"道"一体化，使之与大自然的本性契合，成为体道合真的仙人。

心猿意马休放荡

满地烟霞树色高，唐朝佛子苦劳劳^①。

饥餐一钵千家饭，寒着^②千针一衲袍。

意马胸头休放荡，心猿乖劣莫教嚎。

情和性定诸缘合，月满金华^③是伐毛^④。

注释

①劳劳：辛苦。

②着：穿。

③金华：佛教术语金波罗华的简称，即金色的莲花，形容功德圆满的境界。

④伐毛：道教术语，意为伐毛洗髓、脱胎换骨，亦所谓功德圆满。

赏 析

　　这首诗是唐僧师徒西天取经的生动写照，诗歌大意为：唐僧西天取经的路上，风光秀美，云蒸霞蔚，青山绿水，树色多姿。饿了，他们就托钵化缘食千家饭；冷了，就穿别人丢弃的陈旧布片缝制的百衲衣。他们一路奔波，四处化缘，千辛万苦，衣食简陋。稍有疏忽，就会心猿意马、意志动摇，幸亏每每都会因由某种机缘巧合而达到"情和性定"，化险为夷。唐僧师徒最终全部都伐毛洗髓、脱胎换骨，犹如金色的波罗华一般，功德圆满。

　　诗的前四句是对西天取经外在表象的描述，有景物，有神态，有情状，有生活。后四句，则是对取经人内在精神的表述。对于取经团队来说，一路上最为严峻的考验，不是衣食住行上的艰难困苦，而是对他们心性意志的磨炼。诗的最后一句，以金色的波罗华来预示唐僧师徒最终功德圆满。

第二十二回

沙悟净

一头红焰发蓬松，两只圆睛亮似灯。
不黑不青蓝靛①脸，如雷如鼓老龙声。
身披一领鹅黄氅②，腰束双攒露白藤。
项下骷髅悬九个，手持宝杖甚峥嵘③。

注 释

①蓝靛：深蓝色。
②氅：大衣。
③峥嵘：高大耸
立，超出寻常，
卓异，不平凡。

赏析

　　唐僧骑着白龙马，在悟空、八戒的陪伴下来到流沙河，却差点被在此等候唐僧的沙悟净抓去。这首诗写的就是沙悟净突然从流沙河水中蹿出时的形象。

　　诗的前四句，基本是按照人物外在形象给人产生的视觉冲击力强弱来给诗句排序。一头红色蓬松的头发最为抢眼，安排在第一句；后四句虽然写的是沙悟净的披挂、穿戴与兵器、装饰，但"项下骷髅悬九个"，是他遵照观音菩萨的嘱咐，将九个以往被自己吃掉的取经人的骷髅串在一起悬挂于颈项，在流沙河等候新的取经人。虽然这妖怪在两年前（见第八回"我佛造经传极乐，观音奉旨上长安"），已经由观音菩萨摩顶受戒取法名"沙悟净"，并决心"再不伤生，专等取经人"，但当取经人唐僧和两个徒弟一起来到流沙河时，他还是忍不住向他们发起了进攻。

在这一点上，沙悟净与玉龙三太子颇为相似。虽然他们都已经被观音菩萨收编为西天取经团队成员，但在正式踏上取经之路以前，他们还是以杀生来维持自己生命的。这说明沙悟净的修炼远不及孙悟空，也不如已经可以食素的猪悟能，只是比不曾修行的小白龙稍好一些。

本诗色彩鲜明，"红焰发""蓝靛脸""鹅黄氅""露白藤"和九个白森森的骷髅，将沙僧作为取经团队中的固定成员之一的形象刻画得非常突出。

沙悟净自述

我自小生来神气壮，乾坤万里曾游荡。
英雄天下显威名，豪杰人家做模样。
万国九州任我行，五湖四海从吾撞。
皆因学道荡天涯，只为寻师游地旷。
常年衣钵谨随身，每日心神不可放。
沿地云游数十遭，到处闲行百馀趟。
因此才得遇真人，引开大道金光亮。
先将婴儿姹女收，后把木母金公①放。
明堂②肾水入华池，重楼③肝火投心脏。
三千功满拜天颜，志心朝礼明华向。
玉皇大帝便加升，亲口封为卷帘将。
南天门里我为尊，灵霄殿前吾称上。
腰间悬挂虎头牌，手中执定降妖杖。
头顶金盔晃日光，身披铠甲明霞亮。

往来护驾我当先，出入随朝予在上。

只因王母降蟠桃，设宴瑶池邀众将。

失手打破玉玻璃，天神个个魂飞丧。

玉皇即便怒生嗔，却令掌朝左辅相。

卸冠脱甲摘官衔，将身推在杀场上。

多亏赤脚大天仙，越班启奏将吾放。

饶死回生不典刑④，遭贬流沙东岸上。

饱时困卧此山中，饿去翻波寻食饷。

樵子逢吾命不存，渔翁见我身皆丧。

来来往往吃人多，翻翻复复伤生瘴。

你敢行凶到我门，今日肚皮有所望。

莫言粗糙不堪尝，拿住消停剁鲊酱⑤！

注释

①木母：道教外丹派术语，指汞。金公：道教外丹派术语，指铅。

②明堂：道家称两眉之间为天门，入内一寸为明堂。

③重楼：道家称气管为重楼。

④典刑：受死刑。

⑤鲊酱：鱼酱。

赏析

　　唐僧一行在流沙河畔突遇不明就里的沙悟净袭击，要不是悟空眼疾手快抱住师父，唐僧就危险了。在沙悟净与猪八戒打斗过程中，他用这首诗向八戒介绍自己。

　　从诗中可以看出，沙悟净是一个样貌魁梧、小心谨慎、踏踏实实、孜孜以求、具有吃苦耐劳精神的人，虽然内丹外丹兼修，但他悟性平平、功夫一般、憨直笨拙，仅仅因为失手打碎了王母娘娘的玉玻璃，就被玉皇大帝判了死罪。他修炼的功夫虽然与猪悟能较为接近。但比那要简单不少。在《西游记》里，唐僧的三位徒弟和坐骑白马，都是曾经被玉皇大帝判了死刑的人。孙悟空大闹天宫、几度造反，猪悟能色胆包天、调戏嫦娥，沙悟净笨手笨脚、打碎珍玩，玉龙三太子淘气惹祸、烧毁明珠。他们所犯，有的是罪，有的是错，却都被玉皇大帝一律下令处死。尤其是西海龙王教训将犯错的儿子告上天庭，原本只是想吓唬吓唬儿子，让他收敛一些，不想竟被判了死刑。他们四人，除了孙悟空被如来佛祖压在五行山下不得动弹，其余三个分别由于太白金星、赤脚大仙、观音菩萨的求情而免死，但他们在下界都成妖作怪，要比前世恶行更多，祸害更广。这个沙悟净在流沙河就不知吃了多少经过此处的樵夫、渔翁、路人，其中还包括唐僧之前的九位取经人。他不仅初遇唐僧要捉，就是第一次见到观音菩萨，也是从水里蹿出想抓住充饥的。可见玉皇大帝和他领导下的天界，罚则不明、责任不清，只要罪犯不再危及天庭，就任其胡作非为。还是普度众生、救苦救难的观音菩萨担负起了拯救这些天庭罪人的责任，让他们通过取经之路的修炼获得新生。

第二十三回

奉法西来道路赊

奉法西来道路赊①，秋风淅淅②落霜花。
乖猿牢锁绳休解，劣马勤兜③鞭莫加。
木母金公原自合，黄婆④赤子本无差。
咬开铁弹⑤真消息，般若波罗⑥到彼家。

注 释

①赊：遥远。
②淅淅：形容风声。
③兜：环绕，束缚。
④黄婆：沙悟净的别称。注：师徒五人是"五行"的代表：唐僧为水（江流、玄奘）、
　孙悟空为金（金公、心猿）、猪八戒为木（木母、悟能）、沙僧为土（悟净、刀圭、
　黄婆）、白龙马为火（白龙、意马）。
⑤咬开铁弹：比喻坚持修行，终会解悟佛法真谛。铁弹：铁橛子。佛教用铁橛子比喻没
　下嘴处。
⑥般若波罗：诗中指代众菩萨对唐僧一行取经决心的考验。

赏 析

　　唐玄奘遵循佛祖旨意，按照观音的安排，在贞观十三年（公元
639 年）的秋天，踏上了漫长的西行之路。如今，秋风渐起，霜花

又落，令人感慨万千。那悟空猿猴的野性尚存、任性乖逆，需要牢牢控制；那龙马虽然淘气顽劣、犯过大错，但是现在有了马笼头和缰绳束缚，就用不着再快马加鞭了。

道家认为人体本身正是一座丹炉，修行就是在自身体内调和气血、炼成内丹。正所谓"九盏水中煎赤子，一轮火内养黄婆"。在炼丹过程中，汞（木母））和铅（金公）这两种物质，既相互作用、又相互抑制。就好似悟空虽然能够轻易制服八戒，但八戒也可以通过唐僧来反制悟空。沙僧如同脾脏内能滋养其他脏腑的黄婆，起到平衡、调和作用。最终大家只有咬破令人无从下口的"铁橛子"，才会明白事物总是由盛而衰、由生而灭的道理，才能经受得住佛与仙不同形式的考验。

这首诗前四句用的是普通叙事诗的语言，其中的"赊"为长与远的意思。后四句用的基本都是佛教、道教用语，叙事相当隐晦。此诗即景抒情，托物咏志，暗喻人物关系，虽基本都是隐晦的佛教、道教用语，却紧扣情节，寓意深刻。

四圣设计试禅心

黎山老母不思凡，南海菩萨请下山。
普贤文殊皆是客，化成美女在林间。
圣僧有德还无俗，八戒无禅更有凡。
从此静心须改过，若生怠慢①路途难！

注释

①怠慢：淡漠、怠惰。

赏析

唐僧收沙悟净为徒之后不久，就在西牛贺洲遇到居孀妇人莫贾氏和妙龄少女真真、爱爱、怜怜母女四人。她们以风姿各异的美色和殷实富足的家产，引诱唐僧师徒四人。唐僧、悟空、沙僧巧妙应对，摆脱了令人尴尬的色情困境；只有八戒没有经受住考验，经历了由极度欢娱到被捆绑示众的难堪境遇。这首诗就是第二十三回"三藏不忘本，四圣试禅心"中，观音、普贤、文殊三位菩萨和黎山老母离去时留下来的告白。在诗中，他们亮明了身份，表扬唐僧"有德""无俗"，批评八戒"无禅"、凡心太重，劝诫悟能要"从此静心须改过"，警告大家今后"若生妄念路途难"。

　　其实，在对待"四圣试禅心"这件事情上，唐僧无论是作为取经团队的领导人，还是作为师父，他的表现都极不称职。他先是建议悟空入赘莫家，接着又让刚刚收为徒弟的悟净留下为婿，最后竟然默许八戒跟着莫贾氏去挑选媳妇，毫不顾忌佛门清规，也不念及师徒情义。悟空一直喜欢捉弄八戒，自然想跟在后面看他的笑话。沙僧虽然表现出对师父忠心耿耿、对取经态度坚定，但当他得知二师兄曾经是乌斯藏国高老庄的上门女婿，也就赞同八戒招赘莫贾氏门下。这既是一种自保，也是一种成全。八戒则是人心不足蛇吞象，竟然做起一夫三妻的黄粱美梦，所以，只有他受到了四圣恶作剧般的惩罚。虽然受罚的是八戒，但警示的却是全体。

第二十四回

西江月·色乃伤身之剑

色乃伤身之剑，贪之必定遭殃①。佳人二八好容妆，更比夜叉凶壮。

只有一个原本，再无微利添囊。好将资本谨收藏，坚守休教放荡。

注释

①殃：灾。

赏析

猪八戒面对菩萨幻化成的美女不能坚守禅心，动了红尘凡念，被菩萨惩罚，成了一个"绷巴吊拷的女婿"。猪八戒被沙僧解了绳索救下后，他"撮土焚香，望空礼拜"，忏悔自己的罪过。这首词就是猪八戒的忏悔之词，他痛斥了色的罪大恶极、害人不浅。

色就是一把锋利的宝剑，沉迷其中只会屠戮自身，谁贪图谁必定遭殃。词中的妙龄少女看着青春美丽，可是红粉骷髅害起人来，实则比夜叉还要凶狠。人只有一个原身，再没有微元薄利添于皮囊，只有坚守住本心，将自己的原身好好收藏，才能不迷失、不放荡。

　　俗话说"色是万恶之首"，如果禁不住色的诱惑，那必定是要付出代价。在这里，菩萨就选择了一个最难的项目——美人计来考察唐僧师徒。最终猪八戒醒悟，再也不敢妄为，众人全部过关，信心百倍地继续西行。

第二十五回

五庄观风波

三藏西临万寿山，悟空断送草还丹。
桠^①开叶落仙根露，明月清风心胆寒。

注 释

①桠：同"丫"，树上端分权的树枝。

赏 析

　　唐僧一行路过万寿山五庄观，恰巧五庄观主人镇元大仙带领弟子到天上听道去了，只留下明月、清风这两个最小的道童看家。临行前他告诉道童，唐三藏即将途经此地，念在其前世金蝉子与自己是故交的情分上，可取两个草还丹款待他。这草还丹又名人参果，乃仙家宝贝，食之可以长生不老。

　　唐僧等来到五庄观后，明月、清风按照师父的吩咐，悄悄给唐僧送去两个人参果。不识货的唐僧认定人参果是孩童，不肯食用，两个道童就自己将它们吃了。不想这一切都被猪八戒听个正着，他就怂恿孙悟空去偷人参果尝鲜。达到目的之后，八戒又嘟嘟囔囔地抱怨只吃一个果子不公平，暴露了他们偷吃人参果的糗事。因为悟空在用金击子打第一个人参果时没有拿丝织物接住，人参果就钻到泥土中去了，大家则认为一定是悟空独自偷吃了果子却不肯承认。悟空受到冤枉，有口难辩，一怒之下推倒了仙树，将明月、清风两个道童吓得魂飞魄散。

这四句短诗，起到的是概括总结的作用。第一句交代事情的缘由，后三句突出事件的严重后果。可见，料事如神的镇元大仙也有失算的时候，他好心却没有办成好事。

第二十六回

处世须存心上刃

处世须存心上刃[①]，修身切记寸边而[②]。
常言刃字为生意，但要三思戒怒欺。
上士无争传亘古[③]，圣人怀德继当时。
刚强更有刚强辈，究竟终成空与非。

注释

①心上刃：即"忍"字。
②寸边而：即"耐"字。
③亘古：整个古代。

赏析

本诗大意为：在社会上处世，与人交往，一定要牢记一个"忍"字；陶冶和培养自己的道德品质，一定得不忘一个"耐"字。虽说忍是刀锋为刃、刃悬心上，但忍耐可以修炼人的心性、陶冶人的情操。经历磨难要能够忍受，待人接物要学会宽容，遇见麻烦事要三思而行，碰到不顺心要戒怒戒欺。历史上有许多名德重望之士忍让谦和的事迹传颂，我们不仅感念这些圣人的德行，更要效法先贤、继往开来。要知道山外有山、楼外有

楼，如果你逞强好胜、不依不饶，很可能就会遇到更强的对手，让你最终一无所获。

孙悟空在五庄观推倒人参果树后，为了避免师父唐僧受到下油锅的惩罚，只好答应镇元大仙一定设法救活仙树。这首诗既是对曾经大闹天宫的孙悟空能够忍气吞声的赞扬，也是对"当忍则忍"处世之道的慨叹。本诗前两句，将"忍""耐"二字拆开入诗，在显示汉字独特魅力的同时，也起到了劝诫作用。

蓬莱仙境

大地仙乡列圣曹，蓬莱分合镇波涛。

瑶台影蘸^①天心冷，巨阙^②光浮海面高。

五色烟霞含玉籁^③，九霄星月射金鳌^④。

西池王母常来此，奉祝三仙几次桃。

注释

①蘸：这里指仙境的楼台被海水浸湿。
②阙：皇宫门前两边供瞭望的楼。
③玉籁：天籁清音，形容好听的乐音。
④金鳌：此指金鳌岛。

赏析

师徒一行来到五庄观，悟空贪吃人参果，被镇元大仙擒获，为其所激，悟空怒而推倒人参果树，带领唐僧等人两次逃跑，均被镇元大仙的乾坤袍袖一体笼回，接受惩罚。悟空为避免唐僧下油锅，只好答应在三日内设法救活人参果树。本首诗就是写的他求助的第一个地方——蓬莱仙境。

大地仙乡罗列，众仙云集，其中蓬莱仙阁在东海镇守波涛，格外重要。神仙居住的瑶台和高大的瞭望阙楼，在海光天色之间，迷离飘忽，若隐若现，真是"山在虚无缥缈间"（白居易《长恨歌》）。这里五色的烟霞蒸腾绚丽，饱含着天籁清音，仙乐飘飘；这里九霄的星月光芒四射，照耀在金鳌岛上，引得瑶池的西王母也常常来此仙境逍遥，几次奉送给福禄寿三星仙桃。

本诗用词华美，结合了蓬莱特有的仙人和景色，对蓬莱仙境进行了由衷的赞美。

方丈仙山

方丈巍峨别是天，太元宫府会神仙。

紫台光照三清①路，花木香浮五色烟。

金凤自多槃②蕊阙③，玉膏④谁逼灌芝田？

碧桃紫李新成熟，又换仙人信万年。

注释

①三清：指道教所尊的玉清、上清、太清三清胜境，也指居于三清胜境的三位尊神。

②槃：快乐地盘游。

③蕊阙：蕊宫珠阙，仙宫宝殿之意。蕊宫：道教传说中的仙宫。珠阙，出自成语"珠宫贝阙"，是指用珍珠宝贝做的宫殿，形容房屋华丽。

④玉膏：玉的脂膏，古代传说中的仙药。

赏析

　　孙悟空在蓬莱仙境没有寻到让人参果树起死回生的灵丹妙药，接着又来到另一座海上仙山方丈山。方丈山也是著名的神仙居所：

这里山势巍峨，各路神仙居住、聚会、观景的宫府、紫台、阙楼等建筑，金光闪耀，错落有致。这里"花木香浮""碧桃紫李"，仙草丛生，灵芝满田，制作长生不老仙药的金质的凤形熏炉，弥散出馨香诱人的五彩烟雾。这里的鲜果看似刚刚成熟，可专程赶来采摘的仙人，其实已经在此地居住了近万年。仙境的时间果真与凡间不同啊。

诗歌极尽想象，用词华美，写出了仙山缥缈迷人的特点，也点出了悟空的交友之广，仙友之众。

瀛洲仙岛

珠树玲珑照紫烟，瀛洲宫阙接诸天。
青山绿水琪花艳，玉液锟铻①铁石坚。
五色碧鸡啼海日，千年丹凤吸朱烟。
世人罔②究壶中景，象外③春光亿万年。

注释

①锟铻：同昆吾，古代利剑名，亦泛指宝剑。
②罔：不能。
③象外：超然物外。

赏析

孙悟空为了将师傅唐僧从五庄观救出，先后去蓬莱仙境和方丈仙山寻找救治人参果树的良方。这次他又来到了风光旖旎的瀛洲海岛。与景色绝美、连王母娘娘都很喜欢的蓬莱仙境不同，瀛洲海岛具有较为浓郁的文人气质。

生长在瀛洲海岛上的仙境珠树，随风飘荡出珠玉碰击的清越音波，鲜艳的琪花在玉树上绽放，琼树花蕊酿制的美酒，升华出淡淡的紫烟。矗立在青山绿水间的琼楼玉宇，直插天际，如同昆吾剑指苍穹。海上红日在五彩碧鸡的鸣叫声中冉冉升起，红霞映照着红色的凤鸟，仿佛绛烟笼罩了一切。世人在沉醉中才有可能幻见的美景，却在这里超然物外地存在了亿万年。

万寿山救草还丹

万寿山中古洞天，人参一熟九千年。
灵根现出芽枝损，甘露滋生果叶全。
三老喜逢皆旧契①，四僧幸遇是前缘。
自今会服人参果，尽是长生不老仙。

注释

①旧契：老友。

赏析

这首诗是对五庄观人参果故事的简短概述。

西牛贺洲万寿山五庄观的草还丹，又名人参果，要生长九千年才能成熟，唐僧等人途经此地，恰巧遇上了一次果实成熟的时间点。孙悟空因为不满镇元大仙徒弟小气，再加上馋嘴的八戒怂恿，就偷摘仙果与两位师弟分享。被众人误解后，又怒毁人参果树。为了不牵连师父唐僧，他答应设法救活人参果树。他先去蓬莱仙境请福星、禄星、寿星三位神仙出面相助，又去方丈仙山拜见东华帝君，再到瀛洲海岛询问九老，最后来到东洋大海普陀岩紫竹林向观音菩萨求救。观音用净瓶中的圣水救活了仙树，镇元大仙转怒为喜，陪众人各食一枚人参果，还与悟空结为弟兄。

　　其实，当初镇元大仙若是吩咐道童，"故人"唐僧来时，也一并给随行人员每人一枚人参果，或者索性小气到底，一枚果子也不拿出，就不会发生先摘两枚、被偷食三枚、再拿九枚的糟心事了。况且他还连续被悟空戏弄几次，颜面受损。料事如神、能掐会算的镇元大仙，竟然也有失算的时候。超然物外的他，似乎不太明白世俗"宁有一村，莫有一户"的道理。好在镇元大仙及时通过举办"人参果会"的形式，冲淡了自己失算的尴尬。

　　寿星等仙人曾经在玉皇大帝举办的祝贺孙悟空被擒获、被压制的庆典上吟诗赞颂，可本诗却说他们与悟空的这次重聚是"三老喜逢皆旧契"，好像他们以前与悟空真是情投意合的旧朋友一般。倒是唐僧师徒在五庄观同时见到观音菩萨、镇元大仙及福、禄、寿三星，的确可称为有"前缘"。

第二十七回

圣僧遇村姑

圣僧歇马在山岩，忽见裙钗女近前。
翠袖轻摇笼玉笋①，湘裙斜拽显金莲②。
汗流粉面花含露，尘拂峨眉柳带烟。
仔细定睛观看处，看看行至到身边。

注 释

①玉笋：形容女子手指。
②金莲：形容女子的小脚。

赏 析

居住在白虎岭白骨洞中的白骨精，是《西游记》中第一个想吃唐僧肉的妖精，在第二十七回中，白骨精趁着孙悟空去寻找食物的机会，变作美少妇来到唐僧面前，以便伺机将他抓住。这首诗描述的正是唐僧眼中的美少妇白骨夫人。

其中"翠袖轻摇笼玉笋，湘裙斜拽显金莲"两句，将一个小女子双臂轻轻摆动，一双纤手在宽大衣袖中忽隐忽现的形态，美丽的湘裙随着轻移的莲步摇曳翩飘、微露玉足的步态，写得非常妩媚撩人。尤其是"轻摇""笼""斜拽"等字词，在诗中既有陈述作用，又富于动感。

　　八戒仔细定睛观看行至到身边的美少妇，立马动了凡心，不仅主动与她搭话，还诽谤辛苦觅食尚未归来的悟空偷嘴贪玩，执意要吃少妇手中的所谓饭菜。幸好悟空及时回来，打跑了白骨精。不过白骨精用"解尸法"逃走之后倒下的美女假尸，却让唐僧和八戒着实心疼了很久。

第二十八回

孙悟空泪垂花果山

回顾仙山两泪垂，对山凄惨更伤悲。
当时只道山无损，今日方知地有亏。
可恨二郎将我灭，堪嗔小圣把人欺。
行凶掘你先灵墓，无干破尔祖坟基。
满天霞雾皆消荡，遍地风云尽散稀。
东岭不闻斑虎啸，西山那见白猿啼？
北溪狐兔无踪迹，南谷獐豝①没影遗。
青石烧成千块土，碧砂化作一堆泥。
洞外乔松皆倚倒，崖前翠柏尽稀少。
椿杉槐桧栗檀焦，桃杏李梅梨枣了。
柘②绝桑无怎养蚕？柳稀竹少难栖鸟。
峰头巧石化为尘，涧底泉干都是草。
崖前土黑没芝兰，路畔泥红藤薜攀。
往日飞禽飞那处？当时走兽走何山？
豹嫌蟒恶倾颓所，鹤避蛇回败坏间。
想是日前行恶念，致令目下受艰难。

注 释

①豝：母猪，干肉。
②柘：落叶灌木或乔木，树皮有长刺，叶卵形，可以喂蚕，批可以染黄色，木材质坚而致密，是贵重的木料。

赏析

悟空怒杀白骨精，唐僧肉眼凡胎，不识好歹，竟写下一纸贬书，将猴头逐出师门。这首诗描写的就是悟空心情低落时回归东海，看到被二郎神率梅山七兄弟烧毁花果山五百年后的败山颓景，整体透着浓浓的悲凉气息。

悲情看凄景，悟空"止不住腮边泪坠"。经历过一场战争的浩劫，花果山早已物是人非，当初的洞天福地已破败不堪，山体被摧毁，植株也跟着烟消云散，土地寸草不生，飞禽走兽也遭遇了前所未有的危机，风流云散，举步维艰。作者极尽铺陈描绘，写尽了花果山上各种生灵涂炭。"想是日前行恶念，致令时下受艰难。"悟空自我反省，以为这些都是自己当日造下的恶果引来的报应。

悟空野性难驯的形象早已经深入人心，在人们心中，他倔强刚硬，坚韧顽强，从不屈服。因此，当我们看到悟空落泪的时候，更是让人感觉到他内心的凄楚和震动。悟空一心一意地保护唐僧却被驱逐，家园被毁，猴族受到重创，加上各种背叛，如此种种已经胜过了太上老君炼丹炉里的火焰，彻底摧毁了悟空的顽强意志。于是在诗中，我们感受到了他的悲伤、悔恨、委屈、愤怒等复杂情绪。

第三十二回

三藏自辩

当年奉旨出长安，只忆西来拜佛颜。
舍利国中金象彩，浮屠塔里玉毫斑。
寻穷天下无名水，历遍人间不到山。
逐逐烟波重迭迭，几时能彀[1]此身闲？

赏析

　　唐僧在即将进入山势险峻、森林茂密的平顶山之前，提醒众徒弟要多加小心。这件原本司空见惯的事，却因为孙悟空在白虎岭经历了被师父赶回花果山的痛苦，他就趁机用乌巢禅师"心无挂碍，无挂碍，方无恐怖，远离颠倒梦想"的《心经》经文，来奚落唐僧胆小、多虑。这首诗是唐僧当时为自己所作的辩解。

　　本诗一是体现了唐僧对西方佛国的向往；二是表达了他对皇上的敬重，对大唐的思念；三是替自己开脱解围，同时也是实际情况的真实反映。虽然唐僧每次在危难时刻总是胆战心惊、不顾他人，但在对待西天取经这件大事情上，他始终都是目标明确、态度坚定，从来没有因为自己危在旦夕、九死一生而产生过丝毫动摇。他在白虎岭被白骨精屡屡骗过，还把劳苦功高的孙悟空撵走，导致自己在宝象国被黄袍怪变成猛虎，差点毙命。被悟空解救之后，他明明知道"前遇山高，恐有虎狼阻挡"，还是义无反顾继续西行。由此可见，唐僧在大节上还是有操守的。

唐僧被悟空当众揭短，心中十分不悦。在孙悟空面前，唐僧始终找不到当师父的感觉，他除了靠观音菩萨传授的紧箍咒之外，压根就掌控、驾驭不了这个大徒弟；而且孙悟空本领太强，唐僧在潜意识里一直提防着这个徒弟，再加上孙悟空深知师父弱点，说话直截了当、不留情面，所以在几个徒弟中，唐僧最不喜欢悟空。其实猪八戒也同样善于发现师父的弱点，但他对待师父弱点的态度却与师兄截然不同。悟空是一经发现就马上点破，目的是希望师父能够尽快改过；而八戒则不仅不点破，反而经常推波助澜，设法抓住并充分利用这些弱点，以谋得一己之利。

第三十五回

金角大王哭弟

可恨猿乖马劣顽，灵胎转托降尘凡。
只因错念离天阙，致使忘形落此山。
鸿雁失群情切切，妖兵绝族泪潸潸。
何时孽满开愆锁①，返本还原②上御关？

注 释

①愆锁：罪锁。
②返本还原：恢复
原样。

赏 析

　　观音菩萨为了考验唐僧师徒，向太上老君借来看护金银丹炉的两位童子，在取经途中磨砺他们。两道童在太上老君故意制造的机会中，偷走了太上老君的七星宝剑、芭蕉扇等五件宝物，私逃下界为妖，在平顶山莲花洞成为金角大王和银角大王。唐僧一行虽然都被银角大王抓进洞里，但孙悟空凭借本领成功逃脱，又以假乱真，将紫金红葫芦、幌金绳骗到自己手中，再借用这些宝物的法力，把银角大王装进了葫芦，将众小妖消灭殆尽，还抢走了另一件宝物羊脂玉净瓶。金角大王看到莲花洞中尸横遍地，禁不住放声大哭。这首诗正是出现在此处。

　　诗的第一句以"猿""马"来指西天取经团队，是用金角大王的口吻来咒骂悟空等人。第二句中的"灵胎转托"是说太上老君为了

完成观音菩萨考验唐僧师徒的嘱托，纵容两位
道童偷了五件宝物"降尘凡"，成为金角、
银角大王。这两位在天上宫阙看守炼丹炉
的道童，之所以会借机逃离天宫，一是因
为天宫生活寂寞单调，精神压抑；二是
因为他们对自在自为和权力威望有着强
烈的渴望；三是因为他们误判了形势，
以为凭借自己的本事和偷来的宝贝就可以在
下界所向披靡、为所欲为。他们没想到自己不过是太上老君棋盘上
的小小棋子，又碰上了足智多谋、变化多端的孙悟空，只落得"鸿
雁失群情切切，妖兵绝族泪潺潺"的下场。只有等到他们完成了试
探唐僧师徒的任务，才能解脱罪孽的枷锁，重新返回太上老君的兜
率宫。

这首诗是《西游记》中较为少见的带有浓重感情色彩的叙事诗。
其中"可恨""情切切""泪潺潺"等词汇的情感出发点，都是基于
金角大王的感受与表现。他曾经几次为银角大王和众妖的命运大声
哭诉。

第三十六回

药名诗

自从益智登山盟，王不留行送出城。
路上相逢三棱子，途中催趱①马兜铃。
寻坡转涧求荆芥，迈岭登山拜茯苓。
防己一身如竹沥，茴香何日拜朝廷？

注 释

①催趱：催赶。

赏 析

　　这首镶嵌体药名诗，巧妙地将唐僧在进入乌鸡国之前，因道路崎岖险峻、野兽横行、山岭绵延所发的感慨与富有诗意的中草药名相结合。本诗既是唐僧对以往经历的回顾，同时又抒发了自己坚定的宗教信仰和深切的思乡之情。

　　诗的第一、二两句回忆的是唐僧由陈玄奘成为唐三藏的经过，其中镶嵌的中草药名"益智"和"王不留行"，恰好与唐僧受观音菩萨的启迪，决定接受唐太宗的谕旨，远赴西天大雷音寺取经，唐太宗率众多官员为唐三藏送行至长安城外的经历相契合。诗的第三、四句是写唐僧在西行途中，与三个徒弟和一匹白马组成了取经团队。诗句借用中草药名"三棱子"来指孙悟空、猪八戒、沙和尚这三位徒弟；中药"马兜铃"，正好与唐僧西行一路骑马的形象吻合，又将取经团队成员之一的白龙马写进诗中，仿佛使读者看到了唐僧一行匆忙赶路的样子，听到了那叮叮当当的马铃声响。第五、六两句，表明了唐僧西天取经的目的。句中所嵌中药名"荆芥"与"经卷"读音相近，"茯苓"与"佛灵"读音近似，故以此来代指如来佛祖。诗的最后两句，是唐僧的自我情感抒发，表明他要时刻防备自身懈怠，不断修行，清净佛心，争取早日取回真经，返乡故乡，报答朝廷的决心。句中的药名"防己""竹沥"表达贴切、寓意深刻。"竹沥"一词，更是与唐僧九死一生的取经之行浑然天成。因为竹沥是将竹茎用火炙烤后沥出的澄清液汁，这与唐僧一行历经磨难终成正果的经历何其相似。中药"茴香"与"回乡"谐音，正好与唐僧的思乡之情吻合。

　　诗中对九味中药名的运用令人叫绝。它们不仅与小说情节主线相关联，也和人物的形象、信仰、情感等相一致，十分难得。

宝林寺

八字砖墙泥红粉，两边门上钉金钉。

叠叠楼台藏岭畔，层层宫阙隐山中。

万佛阁对如来殿，朝阳楼应大雄门。

七层塔屯云宿雾，三尊佛神现光荣。

文殊台对伽蓝舍，弥勒殿靠大慈厅。

看山楼外青光舞，步虚阁上紫云生。

松关竹院依依绿，方丈禅堂处处清。

雅雅幽幽供乐事，川川道道喜回迎。

参禅处有禅僧讲，演乐房多乐器鸣。

妙高台①上昙花坠，说法坛前贝叶②生。

正是那林遮三宝地，山拥梵王宫③。

半壁灯烟光闪灼，一行香霭雾朦胧。

注释

①妙高台：也叫晒经台。
②贝叶：贝多罗叶的简称；此叶经特殊工艺处理后，所刻写的经文用绳子穿成册，可保存数百年之久，被称为"贝叶经"。
③梵王宫：指佛殿。

赏析

唐僧一行途经乌鸡国，打算晚间借宿宝林寺，于是有了这首寺院景物诗。宝林寺是乌鸡国的皇家寺院，通过这首诗，可以看出宝林寺规模宏大、富丽堂皇。

诗的前两句写宝林寺的围墙和大门。第三至二十句写宝林寺的建筑布局、景物山色、佛事活动。这里殿堂配置齐全，既有万佛阁、如来殿、文殊台、伽蓝舍、弥勒殿、大雄宝殿等佛殿，又有看山楼、步虚阁、参禅处、演乐房、妙高台、说法坛、松关竹院、方丈禅堂等僧人活动的场所。其中，"叠叠楼台藏岭畔，层层宫阙隐山中"句，写的是宝林寺气势恢宏的建筑规模。第五句"万佛阁对如来殿"和第九句"文殊台对伽蓝舍"，表现出寺院布局的对称美。第七句"七层塔屯云宿雾"表明乌鸡国宝林寺也与东土大唐一样，佛塔与寺院相伴。佛教传入中国之后，在印度安放佛教创始人释迦牟尼"舍利"的建筑物"浮屠"也随之传入，并在隋唐时期，由翻译家创造出了"塔"字。因此在中国，寺与塔往往是建在一起的。

第八句中的"三尊佛"，指的是宝林寺大雄宝殿供奉着的三世佛像。三世佛像一般可分为两种组合形式：从时间上讲，为过去世迦叶佛、现在世释迦牟尼佛和未来世弥勒佛，俗称"竖三世佛"或"三时佛"。他们在佛殿的布置是：释迦牟尼佛居中，迦叶佛（或燃灯佛）居释迦牟尼佛右，弥勒佛居释迦牟尼佛左。从空间上讲，为西方极乐世界阿弥陀佛、娑婆世界释迦牟尼佛和东方净琉璃世界药师佛，俗称"横三世佛"。他们在佛殿的布置是：释迦牟尼佛居中，阿弥陀佛居释迦牟尼佛右，药师佛居释迦牟尼佛左。"妙高台上昙花坠"一句中的"昙花"，是佛教传说中三千年一现的优昙花，只有在佛或转轮王出世时才会开放；据说极乐净土中开满了这种优昙花。第二十一、二十二两句，交代此寺坐落在"林遮三宝地，山拥梵王宫"的钟林毓秀之处。诗中的"屯云宿雾""光荣""青光""紫云""烟光闪灼""霭雾朦胧"等字词，尽显寺院香烟缭绕、佛光普照。

唐僧咏月

皓魄①当空宝镜悬，山河摇影十分全。

琼楼玉宇清光满，冰鉴银盘爽气旋。

万里此时同皎洁，一年今夜最明鲜。

浑如霜饼离沧海，却似冰轮挂碧天。

别馆寒窗孤客闷，山村野店老翁眠。

乍临汉苑惊秋鬓，才到秦楼促晚奁②。

庾亮③有诗传晋史，袁宏④不寐泛江船。

光浮杯面寒无力，清映庭中健有仙。

处处窗轩吟白雪，家家院宇弄冰弦。

今宵静玩来山寺，何日相同返故园？

注 释

①皓魄：指明月，亦指明亮的月光。
②奁：女子梳妆用的镜匣，泛指精巧的小匣子。
③庾亮：晋成帝时丞相，传说坐镇武昌时与人登南楼赏月作诗。
④袁宏：晋代文学家，曾做过镇西将军谢尚的参军。有一次谢尚夜间泛舟赏月，听见邻船袁宏正在读他作的《咏史》诗。

赏析

唐僧师徒夜宿乌鸡国宝林寺，半夜里唐僧看到明月当空，因感月光皎洁，玉宇深沉，于是诗兴大发，对月抒怀，吟咏了这一首古风长诗。

这首诗前八句吟咏中秋月夜，将月亮的皎洁、清寒写得淋漓尽致。作者尽情抛洒笔墨，使用了"宝镜""冰鉴""银盘""霜饼""冰轮"等一连串精妙的意象，排沓铺陈，吟咏夜月之皓洁精美，另外"山河""万里""沧海""碧天"等词的运用，写景状物，使诗歌意境壮阔优美，质感十足。

诗歌后半部分抒情怀念故里，写各类旅人夜宿别馆、野店、汉苑、青楼等不同处所，心境各不同。作者还运用庾亮和袁宏的典故，谈玄论佛，增添了厚重的历史感。最后作者咏叹：在这明月高悬的寒冷之夜，家家户户都在温暖的室内团圆，唐僧师徒却为取经独宿山寺，什么时候才可以重返故里呢？诗以疑问结句，对月咏怀，意味深长。

第四十一回

红孩儿

面如傅粉三分白，唇若涂朱一表才。
鬓挽青云欺靛染，眉分新月似刀裁。
战裙巧绣盘龙凤，形比哪吒更富胎[1]。
双手绰枪威凛冽，祥光护体出门来。
哏声[2]响若春雷吼，暴眼明如掣电乖。
要识此魔真姓氏，名扬千古唤红孩。

注 释

①富胎：指胖乎乎
的样子。
②哏声：说话声。

赏析

这是一首写人诗，悟空、八戒为
了营救被红孩儿捉走的唐僧，来
到六百里钻头号山枯松涧火云洞
前，讨敌叫阵。红孩儿命手下小
妖推出金、木、水、火、土五辆
小车，手提火尖枪开门迎战。这
首诗写的就是红孩儿出场的形象。

这妖精非常好看，面色白嫩好像

敷了粉，嘴唇朱红，一表人才。他头发靛青如云，眉毛似新月，像刀裁的一样。他穿的战裙上，有巧手绣上的盘绕的龙凤，看上去比哪吒还要可爱。你看他双手持枪威风凛凛，祥瑞之光护住身体走出门来。他声音洪亮如春雷震响，两只眼睛大而明像能放电一样。要问这妖魔的真名姓，他就是牛魔王和罗刹女的亲生子，名扬千古的火焰山红孩儿。

这首诗晓白如话，从外貌、形体、声音等方面介绍了红孩儿这一形象，体现出了他的无所畏惧和神通广大。他在火焰山修行三百年，练就独门绝技"三昧真火"，烟熏火燎差点要了悟空的性命。红孩儿最后被观音菩萨降服，令他一步一拜，皈依落伽山，做了善财童子。

第四十四回

求经脱障向西游

求经脱障①向西游，无数名山不尽休。

兔走乌飞②催昼夜，鸟啼花落③自春秋。

微尘眼底三千界，锡杖头边四百州。

宿水餐风登紫陌④，未期何日是回头。

注 释

①脱障：摆脱禁锢、障碍。
②兔走乌飞：指光阴流逝。"兔"指月亮，"乌"指太阳。
③鸟啼花落：形容凄凉的场景。
④紫陌：指京师郊野的道路。此处指求取真经之路。

赏 析

　　这是《西游记》第四十四回的开篇诗，内涵颇为丰富。唐僧师徒过了黑水河，顺大路一直往西行去，迎风冒雪，披星戴月，时光如梭，很快就到了早春时节。这首诗写的就是唐僧一行的这些经历。

　　为了摆脱自身的罪障，陈玄奘、孙悟空、猪八戒、沙和尚以及白龙马，踏上了西天取经的征途。这一路，既是他们奔赴天竺国大雷音寺求取大乘佛法三藏经的过程，同时也是自我洗涤心性、消除恶业的艰难历程。因而他们在越过"无数名山"之后，仍然"不尽休"、无止境。日月运行，昼夜交替，时光如梭。随着"鸟啼花落"、春去秋来，唐僧一行已经在西去的路上走了很多年了。唐僧手持观音菩萨转赠、唐太宗钦赐的九环锡杖，和孙行者、猪八戒、沙和尚、白龙马一道，走遍了不同国度的数百个州县。一路上，他们经历了无数的艰难困苦，见识了形态各异的大小妖精。虽说西行取经本是正途大道，但风餐露宿、九死一生、遥遥无期的取经之路，也会令人觉得有些心焦，不知何时才能踏上归途。

第四十六回

唐僧悼爱徒

自从受戒拜禅林，护我西来恩爱深。
指望同时成大道，何期今日你归阴！
生前只为求经意，死后还存念佛心。
万里英魂须等候，幽冥做鬼上雷音^①！

注 释

①雷音：佛说法时声音
如雷，故有此称，此
处指如来居处。

赏 析

　　第四十六回，车迟国三位国师决意要与佛门弟子比试，看谁能
经受得起砍头、剖腹剜
心、下油锅三大生死考
验。已经屡屡战胜车迟
国妖魔国师的孙悟空继
续大显神威，在被砍头
之后不仅长出新的脑
袋，还拔出毫毛变成一
条黄狗，将虎力大国师
落在地上的人头衔在口

中，扔进了护城河，使其因法术失效而不得复生。剖腹剜心后，悟空很快复原了身体，又在鹿力二国师剖腹过程中，拔了根毫毛变作老鹰，将其五脏心肝全都抓走。只有在下油锅的环节，他与众人开了个玩笑，变成枣核沉到锅底。大家都以为悟空死了，车迟国君王下令将唐僧等人拿下。误认为自己必死无疑的唐僧，提出先祭奠爱徒，再领罪受死，于是作了这首哀悼悟空的诗，算是对师徒一场所作的总结。

诗的前四句，是唐僧对大徒弟孙悟空的中肯评价与哀悼。"护我西来恩爱深"一句，流露出唐僧对悟空情感的深切、真挚与依赖。因为唐僧每每被妖怪抓住，生死关头时总是会对悟空充满期待。他明白，只要悟空在，希望就在。这次，当唐僧看到悟空在油锅里杳无踪影，就认定悟空已经死去，并由此推断自己的取经之路也将就此结束。这次，他并没有像以往那样惊慌失措、推卸责任，而是请国王"宽恩，赐我半盏凉浆水饭，三张纸马，容到油锅边，烧此一纸，也表我师徒一念"。可见唐僧心中的正业、大业就是西行取经，既然断定取经无望，他就可以无所顾忌、从容赴死。于是诗中就出现了唐僧对自己一生所作的总结句："生前只为求经意，死后还存念佛心。"唐僧的这首悼念诗，一是感念师徒情义，二是慨怀生命无常，三是慨叹大愿未了，四是表明至死不渝的坚定信念，情感真挚动人，因而引起了同样也认为自己死期临近的猪八戒的强烈嫉妒。这是唐僧在生死关头表现最为出色的一次。

在《西游记》里，师徒四人以及白龙马都哭过，其中哭的次数最多、花样最多的是师父唐僧。这既是唐僧多愁善感、软弱无能的个性所致，同时也有他试图将哭作为一种武器的因素。唐僧在危难时候哭，在痛苦时候哭，在徒弟面前哭，在妖魔面前哭，他的眼泪能够起到拖延时间、转移视线、感化徒弟等作用，尤其是对孙悟空的杀伤力最大，感召他更加心甘情愿、尽心尽力地保护师父。

第四十八回

雪　景

彤云密布，惨雾重浸。彤云密布，朔风凛凛号空；惨雾重浸，大雪纷纷盖地。真个是：六出花，片片飞琼；千林树，株株带玉。须臾积粉，顷刻成盐。白鹦歌失素，皓鹤羽毛同。平添吴楚千江水，压倒东南几树梅。却便似战退玉龙三百万，果然如败鳞残甲满天飞。那里得东郭履①，袁安卧②，孙康映读③；更不见子猷舟④，王恭氅⑤，苏武餐毡⑥。但只是几家村舍如银砌，万里江山似玉团。好雪！柳絮漫桥，梨花盖舍。柳絮漫桥，桥边渔叟挂蓑衣；梨花盖舍，舍下野翁煨骨柮⑦。客子难沽酒，苍头苦觅梅。洒洒潇潇裁蝶翅，飘飘荡荡剪鹅衣。团团滚滚随风势，叠叠层层道路迷。阵阵寒威穿小幕，飕飕冷气透幽帏。丰年祥瑞从天降，堪贺人间好事宜。

注释

① 东郭履：汉代有位东郭先生，家贫，冬天穿着没底的鞋在雪中行走。
② 袁安卧：东汉袁安尚未做官时，一次洛阳大雪，别人出去找吃的，他却躺在床上。

③孙康映读：晋代孙康好学，家贫点不起油灯，冬天晚上借着雪光读书。

④子猷舟：晋代王子猷曾雪夜乘船拜访朋友戴安道，到了朋友门前却没见面就回来了。别人问为什么，他说："乘兴而来，兴尽而返，何必见戴。"

⑤王恭币：晋代王恭穿鹤氅在雪上行走，当时人都羡慕。这里"币"字应是"氅"字之误。

⑥苏武餐毡：汉代苏武出使匈奴被困于北海，渴了饮雪，饿了吞毡，保持汉使气节。

⑦煨：焚烧。骨柮：木块，树根。

赏析

这是一首写景的诗，唐僧师徒夜宿在陈家庄，常年吃陈家庄童男童女的妖怪——灵感大王为捉唐僧，半夜施法降大雪，把人们冻醒。这段话就是写的师徒四人见到的雪景。

雪景美不胜收，诗句大量使用比喻和夸张手法，突出了雪景的彤云密布、朔风凛凛、惨雾重浸、凄凉冰冷的特点。雪花如碎琼珠玉，漫天飞扬迷人眼。雪下得非常急，只是片刻地上就落了厚厚一层雪。这注定是一场罕见的大雪，吴楚的江水都会因为这场雪水位上升，东南的无数梅花树都被大雪压倒了。雪很大，又下得急，气温骤降，天气之冷，连帘帷都挡不住了。但同样也挡不住大雪的祥瑞之气，瑞雪兆丰年，"堪贺人间好事宜"！

这首诗还用了很多骈句，如"平添吴楚千江水，压倒东南几树梅"，读起来朗朗上口，富有韵律美。同时这首诗也引用了张元的诗和几个历史典故，文学性很强。

第四十九回

观音菩萨

这个美猴王，性急能鹊薄①。
诸天留不住，要往里边蹿。
拽步入深林，睁眼偷觑着。
远观救苦尊，盘坐衬残箬②。
懒散怕梳妆，容颜多绰约③。
散挽一窝丝，未曾戴缨络④。
不挂素蓝袍，贴身小袄缚。
漫腰束锦裙，赤了一双脚。
披肩绣带无，精光两臂膊。
玉手执钢刀，正把竹皮削。

注 释

①鹊薄：挖苦，讥讽。
②箬：一种叶子宽大的竹子，
　可以用来编竹笠，包粽子。
③绰约：姿态柔美。
④缨络：戴在颈上的珠串儿。

赏 析

这首诗写的是金鱼精灵感大王用冰封通天河的计策将唐僧抓到水鼋之第，孙悟空不善水战，只好赶到南海落伽山普陀崖向观音菩萨求助。因为担心师父安危，等候多时的孙悟空闯入观音洞，见到了没有梳妆、未着佛衣的观音菩萨。令孙悟空没有想到的是，这个一心想吃唐僧肉的灵感大王，竟然会是观音菩萨的宠物金鱼。

自家莲花池中的金鱼失踪多日，在下界为妖九年，每年都要吃当地一户人家亲生的童男童女，而以救苦救难、普度众生为己任的观音菩萨却毫无觉察，一直到孙悟空前来求援，才突然发现。更为讽刺的是，这位一直享有送子观音美誉的菩萨，在她身边成长的生灵，居然也会做出残害童男童女的勾当！所以，这就不难理解为什么一直从容淡定的观音菩萨，竟然没来得及梳妆，她"散挽一窝丝，未曾戴缨络"，穿着"贴身小袄缚"，"赤了一双脚"，"精光两臂膊"，拎着刚刚编好的竹篮，急急忙忙赶到通天河。书中说："那菩萨撇下诸天，纵祥云腾空而去。孙大圣只得相随。"这不得不让人怀疑，观音菩萨究竟是监管不力，还是故意失察。如果不是灵感大王动了要吃唐僧肉的心思，将唐僧抓进了水鼋之第，观音菩萨是不是对灵感大王的行径，仍旧会睁一只眼闭一只眼？

诗中"玉手执钢刀"一句十分有趣，因为观音菩萨从未用这把钢刀惩恶罚魔，只是在削竹皮时偶尔一用。观音菩萨用竹篮收服金鱼精之后，还帮他向孙悟空说好话，真是典型的事前不预防、事中不监控、事后不处罚，使得有佛界背景妖魔的违法成本几近为零。观音菩萨是如来佛祖的重要助手，她的处世之道尚且如此，还如何要求下界凡人惩恶扬善？所以孙悟空也忍不住挖苦了观音菩萨几句。

第五十回

南柯子·心地频频扫

心地频频扫，尘情细细除，莫教坑堑^①陷毗卢^②。本体常清净，方可论元初。性烛须挑剔，曹溪^③任吸呼，勿令猿马^④气声粗。昼夜绵绵息，方显是功夫。

赏析

这首词是第五十回的篇首词，引用的是金朝著名道学家马丹阳（马钰）的《南柯子·赠众道友》。

在这一回中，孙悟空在金兜山独自去化斋之前，感觉周围气氛不对，就用金箍棒画了圈，让唐僧坐在中间，并一再告诫大家："若出圈子，定遭毒手。"猪八戒却不以为然，他不仅挑唆唐僧走出圈子继续前行，还从独角兕大王幻化的庄园里，偷拿了三件纳锦背心，并鼓动师父和师弟穿上，结果导致三人都被神奇背心给"背剪手贴心捆了"，又遇一难。这都是因为他们心性杂念未能清扫、世俗欲望没有清除，尤其是私欲贪念在作祟。

在西天取经路上，想吃唐僧肉的妖魔来自各路各界，其中有佛界背景的九位，有佛界、天界双重背景的一位，有道家及天庭双重背景的八位。这位金兜山金兜洞的独角兕大王，正是道教鼻祖太上老君的坐骑青牛。作者特地选用一首金朝著名道学家马丹阳倡导修心炼丹的词作为本回开场词，去批评作为佛家信徒的唐三藏及其弟子，显示了中华文化兼容并包、善于学习、博采众长的精髓。这首由全真道掌教马丹阳所填的词，也使用了大量佛教术语，既反映了佛教进入中国之后借用道教术语翻译解读佛经的事实，又体现出本土道教对外来文化精华的主动吸收。

值得一提的是，《西游记》中但凡是有各界背景的妖魔，最终都被其后台悉数召回；而没有背景的二十六位妖怪，却是二十位当场毙命，四位被迫改变信仰或终身为奴，两位流亡逃窜。

第五十一回

哪 吒

玉面娇容如满月，朱唇方口露银牙。
眼光掣电①睛珠暴，额阔凝霞发髻鬤②。
绣带舞风飞彩焰，锦袍映日放金花。
环绦灼灼攀心镜，宝甲辉辉衬战靴。
身小声洪多壮丽，三天护教恶哪吒。

注 释

①掣电：闪电。
②髻鬤：梳在头两旁
的发髻。

赏 析

    孙悟空护佑唐僧西天取经之后，就与玉皇大帝的关系有了彻底的改善，天界各路神仙纷纷与他化敌为友，哪吒也是其中之一。当唐僧、八戒、沙僧被金兜山金兜洞的独角兕大王抓住，孙悟空也被他用太上老君的宝物金刚镯套走了金箍棒，赤手空拳的孙悟空只好到天宫请来托塔李天王和三太子哪吒帮忙。出现在第五十一回的这首诗，就是独角兕大王见到的哪吒形象。

    诗的前四句详细描绘了哪吒的容貌、口唇、眼睛、发型，后四句写他出征时的着装打扮，最后两句总结他的特点和主要事迹。不过，独角兕大王原本是太上老君的坐骑青牛，对哪吒的一切了如指掌，根本没有把他放在眼里，很快就用金刚镯套走了哪吒的六件兵器，"慌得那哪吒太子，赤手逃生"。

第五十二回

孙悟空七十二变之蟋蟀

嘴硬须长皮黑，眼明爪脚丫叉①。风清月明叫墙涯，夜静如同人话。

泣露凄凉景色，声音断续堪②夸。客窗旅思怕闻他，偏在空阶床下。

注 释

①丫叉：状如丫形。
②堪：能，足以。

赏 析

从格律上看，这是一首《西江月》词。如果把这首词当作谜面，你能猜出谜底吗？对，是蟋蟀。虽是一只蟋蟀，却总是伴着游子绵长的叹息。

作者先从外形描摹入手，突出了蟋蟀嘴硬、须长、皮黑、脚如丫杈的外形特点。又因为此蟋蟀是悟空变化而来，所以用"眼明"特别强调了这只蟋蟀的非同一般。接着用"风清月明""墙涯"交代了蟋蟀活动的时间和地点。就是这一只蟋蟀在静夜里泣露鸣叫，如人轻语，在寒起露重的氛围中引发了游子的乡愁。作者信手拈来，既描写了悟空的一番变化，凸显了他的本领，也是情节发展的需要，符合季节的常情，毫无跳脱，可以称得上匠心独运。蟋蟀本是个寻常的小虫子，又名蛩、促织，在北方的村庄或野外随处可见。可就是这只蟋蟀，穿过历史的烟云，引动中国无数文人墨客的诗思。《诗经·唐风·蟋蟀》中说"蟋蟀在堂，岁聿其莫"。《诗经·豳风·七月》中说"七月在野，八月在宇，九月在户，十月蟋蟀入我床下"。《古诗十九首》中有"明月皎夜光，促织鸣东壁"。这些诗句都让人生出时光飞逝、岁月不居的感慨。凄清的夜晚，那蟋蟀虽然叫声微弱，但在秋凉的夜里极具穿透力，动人心魂。

第五十三回

西江月 · 德行要修八百

德行①要修八百，阴功须积三千。均平物我与亲冤，始合西天本愿。

魔咒刀兵不怯，空劳水火无愆。老君降伏却朝天，笑把青牛牵转。

注释

①德行：指道德行为。

赏析

　　这是《西游记》第五十三回的篇首词。它的上半阕是中国道教南宗始祖、北宋文学家张伯端的词句，下半阕"魔咒刀兵不怯"一句，也是化用张词。张词的下半阕为："虎咒刀兵不害，无常火宅难牵。宝符降后去朝天，稳驾鸾车凤辇。"

　　德行和阴功一样，是需要长时间修炼与积累的，所以词中说"德行要修八百，阴功须积三千"。结合本回情节，唐僧一行经过西梁女国，唐僧和八戒口渴难耐，喝了子母河的水，立马怀了"鬼孕"。

作者借用词的前两句，非常隐晦地指出，唐三藏嫉贤妒能、私德欠佳，猪八戒自私自利、好吃懒做，未积阴功。在取经路上，他们原本就已心怀鬼胎，所以到了子母河边，只有他俩感觉口干。作为取经团队的首脑，唐僧并不能做到"均平物我与亲冤"，经常不愿听从孙悟空的合理建议与安排，却偏听偏信一心只想满足肉身欲望的猪八戒，甚至相信乔装打扮的妖精的谎言。在取经路上，唐僧几乎从未冤枉、惩罚过八戒、沙僧和白龙马，唯独对功劳最大的孙悟空戒备心重，处罚严苛。唐僧虽然信仰坚定，一心向佛，但他未能做到物我两忘，尤其是做不到忘我。如果唐僧真的"均平物我与亲冤"，那就合了西天取经的终极目标了。

词的下半阕主要是总结前几回与独角大王相关的内容。独角大王原本是道教鼻祖太上老君的坐骑青牛，七年前趁着牛童瞌睡之际，偷走了太上老君的宝物金刚镯，来到下界为妖。他不仅用金刚镯套走了孙悟空的金箍棒，还将前来助阵的哪吒的六件兵器统统收走，又分别战胜火德星君、水德星君的火攻和水攻，连如来佛祖的十八罗汉都奈何不了他。最后还是如来佛祖暗示孙悟空，请来了太上老君，使妖魔现出青牛原形。太上老君又给金刚镯吹口仙气，将它穿在青牛的鼻子上，再"解下勒袍带，系于镯上，牵在手中"，带回了天宫。

紫燕呢喃

紫燕呢喃，黄鹂睍睆①。紫燕呢喃香嘴困，黄鹂睍睆巧音频。满地落红如布锦，遍山发翠似堆茵。岭上青梅结豆，崖前古柏留云。野润烟光淡，沙暄日色曛②。几处园林花放蕊，阳回大地柳芽新。

注释

①睍睆：形容鸟色美好或鸟声清和婉转。
②暄：温暖。曛：日落时的余光。

赏析

这首诗每一句都以一到两个意象来展现春天的美好，用了紫燕、黄鹂、落红、翠植、青梅、古柏、云、烟光、日色、花、柳芽等意象，把无形的春天写得有形有色，盎然多姿。在紫燕的细语轻声和黄鹂的婉转呼唤中，春天来了。"呢喃""睍睆"两词，一个双声，一个叠韵，把春鸟嘤嘤的韵味表现得悠悠扬扬，曲折有致。满地落花，如锦如缎，遍山翠色，如垫如毯，"红""绿"两个颜色，在"满地""遍山"的夸饰下，在两个比喻句的形象叠加中，厚重有形，壮丽之景如在眼前。尤其是"堆"字，化静为动，以动写静，增加了景物的动态感，生动形象地渲染了山上树木的郁郁葱葱。青梅结子如豆，后世多用来描绘春天明媚的风景，日长天暖，大自然中的生命都处在蓬勃发展之中。古柏留云，用拟人化的手法写云仿佛也在春天的气息中沉醉。柳叶长得像美人的眉毛，这让人想到了欧阳修的《阮郎归》："风和闻马嘶，青梅如豆柳如眉。"

作者通过诗中景物所生发出的季节怀想，增添了作品悠远的抒情意味。

第五十四回

咏西梁女国

圣僧拜佛到西梁，国内衡①阴世少阳。
农士工商皆女辈，渔樵耕牧尽红妆。
娇娥满路呼人种，幼妇盈街接粉郎。
不是悟能施丑相，烟花②围困苦难当！

注 释

①衡：全是，尽是。
②烟花：这里指女子。

赏 析

　　整首诗的写法是先从情节入手，交代师徒四人拜佛来到西凉女国，既然是女国，那国中就尽是女子而没有男子。颔联进一步介绍女国的情形，用"红妆"借代女子，和"女辈"形成工整对仗，互文见义，前后句呼应，互相阐发，互相补充，说明女国内农、士、工、商、渔、樵、耕、牧这些职业都是女子负责。颈联用细节描写的方式和夸张的手法写出了女国满街妇幼面对唐僧的狂热。尾联照应八戒"真个把头摇上两摇，竖起一双蒲扇耳，扭动莲蓬吊搭唇，发一声喊，把那些妇女们唬得跌跌爬爬"，又回到故事情节，浑然一体，在小说的诗歌中也算是应景应情的作品。

　　其实，任何想象都有现实的影子，自古以来，在我国历史上对美的追求都是相同的。《晋书·卫玠传》中说卫玠姿容俊美，一出行就观者如堵，以至于卫玠在永嘉六年（公元312年）死亡时，当时人说卫玠是被"看杀"的。刘义庆的《世说新语·容止》中记载："潘岳妙有姿容，好神情。少时挟弹出洛阳道，妇人遇者，莫不连手共萦之。"刘孝标注解时引用《语林》中的句子，说潘岳英俊异常，每次出行，许多女性向他投掷的水果能装满一车，因而留下"掷果盈车""掷果潘郎"的成语和惊艳了近千年的传说。

西梁女王

眉如翠羽①，肌似羊脂②。脸衬桃花瓣，鬓③堆金凤丝。秋波湛湛妖娆态，春笋纤纤娇媚姿。斜弹④红绡飘彩艳，高簪珠翠显光辉。说甚么昭君美貌，果然是赛过西施。柳腰微展鸣金珮，莲步轻移动玉肢。月里嫦娥难到此，九天仙子怎如斯。宫妆⑤巧样非凡类，诚然王母降瑶池。

注 释

①翠羽：翠绿色的羽毛，比喻眉色。
②羊脂：比喻皮肤柔嫩。
③鬓：古代妇女梳的环形发髻。
④弹：下垂。
⑤宫妆：宫中女子的装束。

赏析

　　这是八戒"搊着嘴",半闭着眼观看到的女王风采,写出了中国古人对女性的审美标准。"翠"是写其色泽葱莹,"羽"是写眉毛形状雅逸,这一句写女王眉毛多姿。"羊脂"又称"羊脂玉",顾名思义就是好似羊脂一样的玉石,这一句写女王肌肤润泽,既白又有光华。"脸衬桃花瓣"一句,一个"衬"字,当是妙笔腾挪,既是具体的描写,又是形象的比喻:既写出了脸若桃花的形态,也写出了红艳的色泽。凤丝是琴弦的美称,唐代温庭筠的《和沈参军招友生观芙蓉池》中有"桂栋坐清晓,瑶琴双凤丝"的名句,小说中这一句是写女王的环形发髻由琴弦样的秀发梳妆而成,又用一个"金"字,渲染出金凤发饰的富贵气象。"秋波湛湛""春笋纤纤",一用"秋波"说目光澄澈,一用"春笋"写玉手细巧,给人袅娜妖媚的韵致。满头高簪珠翠,飘摇下垂,红衣光艳,更增其美,这是静态审视,这一静美过昭君、西施;柳腰轻轻摆动,莲步袅娜飘移,环佩叮当,这是动态塑造,这一动美过嫦娥、仙女。"宫妆"的衣着,突出了女王的身份,"诚然王母降瑶池"也就不纯粹是虚夸。也怪不得下文写:"那呆子看到好处,忍不住口嘴流涎,心头撞鹿,一时间骨软筋麻。好便似雪狮子向火,不觉得都化去也。"

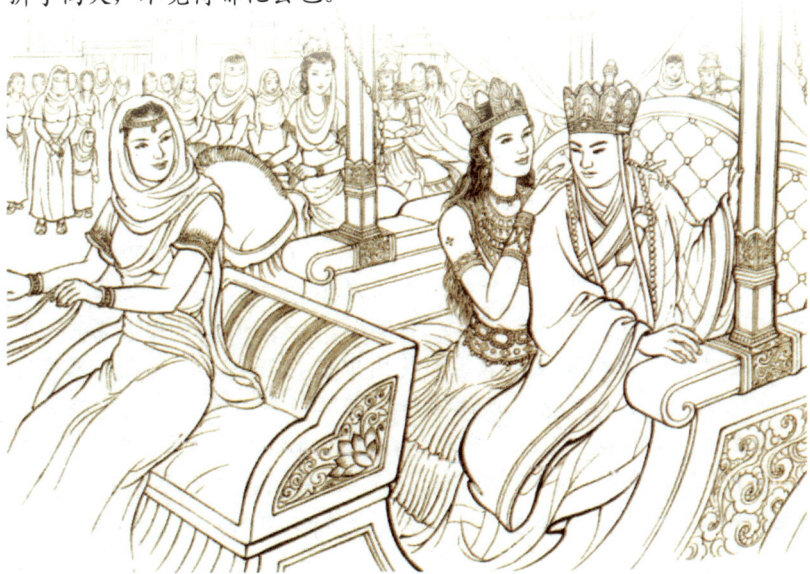

第五十五回

孙悟空七十二变之蜜蜂

翅薄随风软，腰轻映日纤。

嘴甜曾觅蕊，尾利善降蟾。

酿蜜功何浅，投衙①礼自谦。

如今施巧计，飞舞入门檐。

注 释

①投衙：群蜂早晚聚集，簇拥蜂王，如同官吏到上司衙门排班参见。

赏 析

　　这是唐僧被毒敌山琵琶洞的蝎子精摄去后，悟空进洞打探虚实。书中描写道："孙大圣显个神通，捻着诀，念个咒语，摇身一变，变作蜜蜂儿，真个轻巧！"

　　诗歌前两句从蜜蜂的翅、腰两个外在特征下笔，体物入微，描摹传神。你看，在那风光旖旎的大自然中，一只蜜蜂一会儿顺着温暖的风飞向远方，薄薄的翅膀轻盈飘然；一会儿又迎着明媚的阳光翩翩起舞，纤细的腰肢在锦簇的花团中若隐若现。诗人在描摹蜜蜂时，还融入了感情色彩，既写蜜蜂飞花舞叶的喜悦，也写它迎日顺风的欢快，从而赋予了这只蜜蜂栩栩如生的神态。"嘴甜""尾利"写出了蜜蜂的生活习性。"酿蜜功何浅"则特指这只蜜蜂是悟空变的。群蜂早晚聚集，簇拥蜂王，如旧时官吏到上司衙门排班参见，称作蜂衙。陆游在《青羊宫小饮赠道士》中写道："微雨晴时看鹤舞,小窗幽处听蜂衙。"这里的"投衙"是化用"蜂衙"的语意,进一步刻画蜜蜂的神态。"如今施巧计,飞舞入门檐",则又回到故事情节上,把读者吸引回来。这些传神的刻画,固然得之于表现手法的精巧,但若没有对生活的细致观察,没有博览群书的积累,恐怕也不可能如此形神兼备地将蜜蜂的姿态表现出来。

昴日星官

花冠绣颈若团缨,爪硬距长目怒睛。
踊跃雄威全五德①,峥嵘壮势羡三鸣②。
岂如凡鸟啼茅屋,本是天星显圣名。
毒蝎枉修人道行,还原反本见真形。

注释

①五德:指五行的属性,即土德、木德、金德、水德、火德。
②三鸣:指雄鸡司晨,善于鸣叫。

赏析

　　本诗写的是除掉蝎子精的昴日星官。蝎子精是唐僧刚刚摆脱与西梁女王的婚姻后,用旋风将唐僧卷到自己住处的美艳女妖。她接连打败了孙悟空和猪八戒的联手进攻。正当悟空一筹莫展之际,观音菩萨主动为他支招，让他去找二十八星宿之一的昴日星官。昴日星官一听是菩萨举荐他去降妖，即刻与悟空来到毒敌山。他让悟空与八戒先将蝎子精引出巢穴琵琶洞，自己则昂首挺胸站在山坡上，看准时机现出雄鸡本相，对着妖精大声啼叫，使其应声还了蝎子本相。等他再叫第二声，"那怪浑身酥软，死在坡前"。

诗的前两句，写这只高达六七尺的双冠雄鸡外形。诗的最后两句，是说这只听过如来佛祖讲经，连佛祖、观音都控制不了的母蝎子，却被本相是一只公鸡的昴日星官消灭了，真是一物降一物。

第五十六回

熏风时送野兰香

熏风①时送野兰香，濯雨②才晴新竹凉。
艾叶满山无客采，蒲花盈涧自争芳。
海榴③娇艳游蜂喜，溪柳阴浓黄雀狂。
长路那能包角黍④，龙舟应吊汨罗江。

注释

① 熏风：和暖的南风。
② 濯雨：大雨。
③ 海榴：山茶花。
④ 角黍：粽子。

赏析

农历五月初五为端午节，是我国民间的盛大节日，又称端阳节、午日节、五月节、艾节等，虽然名称不同，但各地人们过节的习俗大体一致，家家户户都悬钟馗像，挂艾叶和菖蒲，赛龙舟，吃粽子，饮雄黄酒，佩香囊，备牲醴。

"熏风时送"说明微风和畅，时有时无。微风起时把兰花的幽香送进鼻子，所以嗅到的风也是香的；"濯雨才晴"说明大雨才刚刚过去，天色新晴，空气清新，竹笋发芽，在端午的时节里透出一丝凉意。艾叶满山，蒲草盈涧，则突出了环境的清幽。"无""自"两字是此联之眼，其作用有二：一是描述景色幽静，人迹罕至；二是借景抒情，凸显艾叶、蒲草自生自长的本性，传达出对自然景物的感触。一"喜"一"狂"，用拟人手法写活了蜜蜂在山茶花上嗡嗡飞翔和黄雀在"溪柳阴浓"中的喧闹。诗歌前六句写景，后面两句笔锋一转，跌宕自如，不加润色，直接写人生感受：粽子是不易长路携带的，龙舟应去汨罗江凭吊屈原。虽是直抒胸臆，却含有物尽其用的哲理，词浅意深，语近旨远，明朗中自带机锋，耐人寻味。

山家暮色

野花盈径，杂树遮扉。远岸流山水，平畦①种麦葵。蒹葭露润轻鸥宿，杨柳风微倦鸟栖。青柏间松争翠碧，红蓬映蓼斗芳菲。村犬吠，晚鸡啼，牛羊食饱牧童归。爨②烟结雾黄粱③熟，正是山家入暮时。

注 释

①平畦：低平的田地。
②爨：烧火做饭。
③黄粱：小米。

赏 析

　　《西游记》中许多写景的诗总能把人与自然结合得非常贴切，静态中蕴含着变化，超脱中联结着世俗，庄严中带有诙谐的成分。

　　开篇勾画出宏阔的意境，用"盈""遮"两个字，既写出了村庄的位置，也写出了环境的幽静。再把镜头一转，远岸流水入画而来，山在水中倒映，河水涌动，仿佛山也在流动。低平的田畦上种着麦葵，一下就从前面那种幽趣迈入了世俗。再用一"轻"字，对应下句的"倦"字，不但工整，而且写出了鸟儿的体态轻盈，更看出时间的推移。松柏争翠，蓬蓼斗芳，又增一番情趣。时间再度推移，犬吠鸡鸣，牧童赶着吃饱的牛羊归来，炊烟结成雾气，家家的黄粱饭都煮熟了，最后用"山家入暮时"一句总结，清快明丽，生机勃勃，构成一幅景色优美且又充满生活气息的画卷。

　　诗中景色的描写，不仅通过光线和颜色的和谐映衬，还有明与暗的对比，以及远近、高低、大小、虚实的巧妙布置。这富有层次感、纵深感的画面，表现了作者爱自然、爱田园、爱生活的思想感情，体现出作者写景的艺术才能。

第五十八回

人有二心生祸灾

人有二心①生祸灾，天涯海角致疑猜。

欲思宝马三公②位，又忆金銮一品台。

南征北讨无休歇，东挡西除未定哉。

禅门须学无心诀，静养婴儿结圣胎。

注 释

①二心：佛教术语，指真心与妄心，或定心与散心。
②三公：大臣的最高荣誉头衔。明朝以太师、太傅、太保为三公。

赏 析

　　孙悟空因为打死主动帮助取经团队的房东杨老汉的儿子，再次被师父唐僧赶走。他只好来到落伽山紫竹林，向观音菩萨求助。当他得知有人冒充自己殴打师父，就和前来报信的沙僧一起赶到花果山寻找真相，果真见到一个跟他相貌声音、穿戴装扮、功夫本领都一模一样的孙悟空。真假悟空谁也不服谁，谁也打不过谁，都声称自己才是真悟空，就连观音菩萨、李天王的照妖镜、唐僧念紧箍咒都分不出真假。唯有阎罗殿的谛听能够辨明真伪，却又不敢说出真相，只建议他们面见佛祖。就这样，两人一直打到了如来佛祖的大西天雷音宝刹。故事叙述到此，这首诗出现了。

孙悟空在取经道路上一直都存有二心，如果不是头上套着如来佛祖的紧箍，观音菩萨又教会了师父唐僧念紧箍咒，他早就成为六耳猕猴那样的妖猴大王了。孙悟空因为杀死杨老汉儿子等一伙强盗，再次被唐僧撵走，促使他始终矛盾、痛苦的内心一分为二：一个遵从他向佛向善的真心去了落伽山，寻找观音菩萨；一个任由他无拘无束、自在为王的妄心，回到花果山。这时的两个悟空，正好代表了他的二心，都是他真实的侧面反映。如来佛祖将其命名为六耳猕猴，算是给悟空在取经团队以及观音菩萨等众人面前留足面子。最后，如来佛祖用金钵盂扣住代表妄心的悟空，使其现身为六耳猕猴模样，让代表真心的悟空有机会亲手将自己的妄心打死。此后的悟空就一心向善、真心向佛，再也没有滥杀无辜。

孙悟空虽然深受功名观念的影响，但他更加注重的是自由自在、无拘无束、修行得道、长生不老。他为唐僧西天取经护法，完全是为了脱离五行山埋压的一个权宜之计，所以在相当长的一段时间内，孙悟空一直存有二心。在取经途中，每当师父大念紧箍咒，孙悟空都想着要回花果山继续做猴王。这次，他又被师父赶走，其妄心、真心开始分裂，且各自为政，分别去了花果山和落伽山。只有消除妄心，悟空才会对取经大业一心一意。

第五十九回

三秋霜景

薄云断绝①西风紧，鹤鸣远岫②霜林锦。光景正苍凉③，山长水更长。

征鸿④来北塞，玄鸟⑤归南陌。客路怯孤单，衲衣容易寒。

注释

①断绝：不再连贯。
②远岫（xiù）：远处的峰峦。
③苍凉：苍茫凄凉。
④征鸿：远飞的大雁。
⑤玄鸟：古诗中一般指燕子。

赏析

从文学角度审视，这是一首描写羁旅乡愁的词。前六句重在写景，后两句重在抒情，全词情景交融，以绚丽多彩的笔墨，用薄云、西风、鹤鸣、远岫、霜林、山、水、征鸿、玄鸟等意象勾勒出一幅清旷辽远的秋景图，抒写了取经之人西行途中对家园的怀念，意境宏深。

词一开始，就以"西风"点秋，用"紧"字形象地写出秋风的肃杀，渲染了冷寂的气氛，把时光变换、岁月催人的紧迫写得具体可感，有《水浒传》中"那雪正下得紧"的意趣。《诗经·小雅·鹤鸣》说："鹤鸣于九皋，声闻于野。"在广袤的荒野里，鹤鸣之声，震动四野，高入云霄，撞击着取经人的心田，唤起人们对宇宙时空的无限感受。"霜林锦"三个字细致地描绘出树叶经霜后的艳丽色彩，生动传神。这两句从听觉写到视觉，状秋景如在眼前。"山长水更长"五字点醒"光景正苍凉"，将无限惆怅之意留给读者去想象。远飞的大雁自塞北而来，燕子回到南方，赋中有比，象中含兴，凄楚动人。"怯"字直达人的心灵深处，灵山遥遥，僧衣易寒，又是一番寄予。

樵　夫

云际依依①认旧林，断崖荒草路难寻。
西山望见朝来雨，南涧归时渡处深。

注 释

①依依：随风飘动的样子。

赏析

这首诗在小说中有四个方面的作用：第一，从艺术手法上来看，诗歌从侧面写出了雨大的情景，巧妙至极。在西山望见雨来，从南涧返回时，渡水处已深，虽无一字写雨势，却自能看出雨势之大。欧阳修的《琅琊溪》中有"不知溪源来远近，但见流出山中花"也用了虚实结合的手法，实写花随溪水流出的景象，虚写山中的春意，以及溪源之远和溪流的曲折，激发了读者的想象力，丰富了画面的内涵。第二，这首诗中富含无尽哲理，事物瞬息万变，转瞬间就可能是一个新的机遇，正所谓"怀旧空吟闻笛赋，到乡翻似烂柯人"。第三，作者用这首诗塑造出了一个远离红尘，友麋鹿，伴烟霞，自食其力的樵夫形象。第四，推动了故事情节的发展，为下文悟空找到芭蕉洞提供了合理的依据。诗歌引用巧妙，增加了小说的意境美、人物美、生活美，具有多元的审美价值。

西江月·铁扇公主

头裹团花手帕，身穿纳锦云袍。腰间双束虎筋绦，微露绣裙偏绡[1]。

凤嘴弓鞋[2]三寸，龙须膝裤金销[3]。手提宝剑怒声高，凶比月婆[4]容貌。

注 释

①偏绡：一种丝质偏裙。
②弓鞋：指旧时缠脚妇女所穿的鞋子。
③金销：指膝裤上用金箔或金线制成的花饰。
④月婆：指产后坐月子的女人，气血两亏、脸色难看。

赏 析

唐僧一行来到距离火焰山六十里远处，得知火焰山"有八百里火焰"，要想翻越此山，必须借用翠云山芭蕉洞铁扇公主的芭蕉扇。孙悟空打听到铁扇公主又名罗刹女，是牛魔王的结发妻子、红孩儿的生母。孙悟空虽然与牛魔王是花果山时期的结拜兄弟，但他毕竟使红孩儿被观音菩萨带走。铁扇公主一听是孙悟空寻到洞前，立即想起自己的爱子，就全副武装走出门来，打算找孙悟空报仇。这首词，写的正是心中充满仇恨、走出芭蕉洞门的铁扇公主。

这首词基本都是写铁扇公主的衣着打扮，将她的头、身、腰、脚、腿、手等各部位的装扮、装饰、装备都作了详细交代；其中以虎筋丝绦、凤嘴弓鞋、龙须膝裤、手提宝剑最有特色，可谓龙、凤、虎、剑齐全。整首词只有这一句是写铁扇公主的相貌，竟然如此大煞风景。一个母亲失去了儿子，丈夫又在外面另结新欢，其内心的愤恨、郁闷、痛苦由此可见一斑；再加上见到悟空复仇心切，铁扇公主的亮相，呈现了她最为丑陋的一面。

第六十回

碧波潭龙宫宴会

朱宫贝阙[1]，与世不殊。黄金为屋瓦，白玉作门枢[2]。屏开玳瑁[3]甲，槛砌珊瑚珠。祥云瑞霭辉莲座，上接三光下八衢。非是天宫并海藏，果然此处赛蓬壶[4]。高堂设宴罗宾主，大小官员冠冕珠。忙呼玉女捧牙槃，催唤仙娥调律吕。长鲸鸣，巨蟹舞，鳖吹笙，鼍[5]击鼓，骊颔之珠照樽俎[6]。鸟篆[7]之文列翠屏，虾须之帘挂廊庑[8]。八音迭奏杂仙韶[9]，宫商响彻遏云霄。青头鲈妓抚瑶瑟，红眼马郎品玉箫。鳜婆顶献香獐脯，龙女头簪金凤翘。吃的是，天厨八宝珍馐味；饮的是，紫府琼浆熟酝醪[10]。

注 释

①阙：皇宫门前两边供瞭望的楼，也指宫殿。
②门枢：门扇的转轴。
③玳瑁：一种海龟，龟甲呈黄褐色相间花纹，古人用之为装饰品。
④蓬壶：传说海中仙山蓬莱，形如壶器，故称蓬壶。
⑤鼍（tuó）：龙的一种。
⑥樽俎（zūn zǔ）：盛酒食的器具。

⑦鸟篆：篆书的一种，其笔画由鸟形替代，不仅装饰风格独特，还有深刻的象征意义。
⑧廊庑（láng wǔ）：堂下四周的廊屋。
⑨仙韶：仙韶曲，亦泛称宫廷乐曲。
⑩酝醪（yùn láo）：指酒。

赏析

　　前十句以重彩浓笔描绘出万寿山碧波潭龙宫的建筑气势：红色皇宫，宫殿是用贝壳做成的，屋瓦是黄金做成的，门扇的转轴由白玉充当，屏风是谓之甲，栏杆是珊瑚之珠，座位上祥云缭绕。接下来写宴会的盛况：宾主入座，大小官员冠冕整齐。仙娥调准音律，鳖鱼吹笙，鼍龙击鼓，由鲈鱼变成的美女轻抚瑶瑟，由海马变成的男子慢吹玉箫，长鲸放歌，巨蟹伴舞，金、石、丝、竹、土、革、木八种不同材质制造的乐器弹奏出飘飘仙乐。轻歌曼舞中，吃的是精美牙盘中盛放的美味，喝的是仙人酿造的玉液琼浆。宴会上有钟鼓齐鸣，宴会上有美酒满杯，宴会上有佳肴满桌，色、香、味、形、境完美统一，吃中有情，吃中有景，充分展示了中国饮食文化的流光溢彩。

第六十一回

过火焰山

火焰山遥八百程，火光大地有声名。
火煎五漏^①丹难熟，火燎三关道不清。
时借芭蕉施雨露，幸蒙天将助神功。
牵牛归佛休颠劣，水火相联性自平。

注 释

①五漏：指天快亮时的第五更，这里代指昼夜。

赏析

　　火焰山是唐僧西天取经的必由之路，这里因"有八百里火焰，四周围寸草不生"而名震四方。当年孙悟空大闹天宫被抓后，太上老君将其投入炼丹炉中化炼，后来他跳出八卦炼丹炉，使炉内几块带火的砖落到下界一直燃烧，形成火焰山的熊熊大火。这就是本诗前三句的大致意思。"火燎三关道不清"一句，说的是孙悟空借芭蕉扇的过程曲折艰难。孙悟空第一次借芭蕉扇，被铁扇公主一扇子扇到了三千里外的小须弥山，那里的灵吉菩萨送他一粒定风丹。吃了定风丹的悟空变作小虫，钻进铁扇公主肚子里胡搅蛮缠，才得到了一把假芭蕉扇。第二次借扇，悟空变作牛魔王的模样，又偷了他的辟水金睛兽骑上，终于骗到了含在铁扇公主口中的芭蕉扇。不过，孙悟空只会将扇子变大，不会变小，因而行走迟缓，被发现问

143

题的牛魔王迅速赶上。牛魔王变成猪八戒的形象又骗回了扇子，现出本相与孙悟空打斗。悟空在八戒以及众多护法神将的帮助下，将牛魔王赶跑。第三次，孙悟空"幸蒙天将助神功"，四大金刚与天兵天将联合为他助战。牛魔王最后被托塔李天王和三太子哪吒联合降服，哪吒用绳子穿过牛鼻子，牵着牛王皈依佛门。孙悟空手持费尽周折才得到的芭蕉扇，用力扇了三下，火焰山便"满天云漠漠，细雨落霏霏"。当孙悟空得知用芭蕉扇对着火焰山连扇四十九下，就可以断绝火根，便依样挥扇，使得"山上大雨"，出现了有火的地方下雨、无火的地方天晴的奇观，让火焰山真正做到了"水火相联性自平"。孙悟空不仅为唐僧取经扫除了炎炎烈火的障碍，也使周边百姓永久受益。

第六十二回

野菊残英落

野菊残英落，新梅嫩蕊生。村村纳禾稼，处处食香羹①。平林木落远山现，曲涧霜浓幽壑清。应钟②气，闭蛰③营，纯阴阳，月帝玄溟，盛水德，舜日怜晴。地气下降，天气上升。虹藏不见影，池沼渐生冰。悬崖挂索藤花败，松竹凝寒色更青。

赏析

野菊花落，梅蕊初生，一落一生，一去一来，方才看出秋冬时序的变化更替，风致婉妙。谷物丰收，所以家家都飘荡着羹汤的香味，有耕种才有收获，有付出才有回报，有因有果方才见踏平坎坷成大道的坚持。"平林木落",自然见到远山风骨。只有平林木"落",才会远山显"现",它们之间的因果关系也很明显。曲涧与幽壑,揭示了"霜浓"与"壑清"的关系。进入初冬,山涧山谷,到处布满了浓霜,"清"在这里不是指"清晰",而是指"纯净",既然纯净,也就没有杂色,可以算得上一种有特色的自然景观了。"平林木落远山现,曲涧霜浓幽壑清"写的是静景,给人一种肃杀冷寂的感受。"应钟气,闭蛰营",点明了节令和特点。"纯阴阳,月帝玄溟",从意思上来解读,应该是"纯阴阳月,帝玄溟",或"纯阴阳月帝玄溟"。纯阴阳月,指农历十月。帝是神的意思,玄溟是司管十月之神。农历十月为孟冬,盛水德,即水德兴盛之意。小雪节气,虹藏不见影,池水生冰,正是徐敞所说"迎冬小雪至,应节晚虹藏"。"藤花败""色更青"依然延续了开篇的方式,衰败中有希望,既暗示了时光的流逝,也暗示了主人公本性的高洁和遇难不屈、忠于理想的坚贞。

四壁寒风起

四壁寒风起,万家灯火明。
六街①关户牖②,三市闭门庭。
钓艇归深树,耕犁罢短绳。
樵夫柯斧歇,学子诵书声。

注释

①六街:唐、宋京都官门外左、右边各三条的中心大街,和下文的三市都泛指闹市。
②户牖(yǒu):门和窗。

赏析

"四壁"指屋子的四面,四面寒风涌动,自然是夜风生寒,此时家家户户点亮了灯。

下面五句都应了一个"停"字,闹市关门,渔、樵、耕的工作都已停歇,唯有学子的诵书声一直在传送。这首诗用词质朴,意义显豁，还有一个流传甚广的故事。相传宋代才女朱淑真的父亲骑驴外出时不小心冲撞了州官，州官要拿他治罪，朱淑真闻讯跑到大堂为父亲求情。州官以"不打"为题，让她当堂作诗，朱淑真当堂吟出："月移西楼更鼓罢，夫收渔网转回家。卖艺之人去投宿，铁匠熄炉正喝茶。樵夫挑柴早下山，飞蛾团团绕灯花。院中秋千已停歇，油郎改行谋生涯。"

这八句诗暗含不打鼓、不打鱼、不打锣、不打铁、不打柴、不打灯、不打秋千、不打油之意，州官听了当堂释放了朱父。各行都歇业，唯有学子苦读依旧，这说明要想创立一番事业，取得成就，就必须得艰苦奋斗。宋代陆游的《秋夜读书每以二鼓尽为节》中有"白发无情侵老境，青灯有味似儿时"的句子，也是写夜读的趣味。小说下文写唐僧沐浴后，换了衣服鞋子，手里拿一把新笤帚，前去扫塔，也是他净心修持的表现。

第六十三回

悟空碧波潭自述

老孙祖住花果山，大海之间水帘洞。

自幼修成不坏身，玉皇封我齐天圣。

只因大闹斗牛宫①，天上诸神难取胜。

当请如来展妙高，无边智慧非凡用。

为翻筋斗赌神通，手化为山压我重。

整到如今五百年，观者劝解方逃命。

大唐三藏上西天，远拜灵山求佛颂。

解脱吾身保护他，炼魔净怪从修行。

路逢西域祭赛城。屈害僧人三代命。

我等慈悲问旧情，乃因塔上无光映。

吾师扫塔探分明，夜至三更天籁静。

捉住鱼精取实供，他言汝等偷宝珍。

合盘为盗有龙王，公主连名称万圣。

血雨浇淋塔上光，将他宝贝偷来用。

殿前供状更无虚，我奉君言驰此境。

所以相寻索战争，不须再问孙爷姓。

快将宝贝献还他，免汝老少全家命。

敢若无知骋胜强，教你水涸山颓都蹭蹬^②！

注 释

①斗牛宫：南斗行宫和牵牛星宫，此处指天宫。

②蹭蹬：倒霉。

赏 析

　　本诗叙述了孙悟空来到乱石山碧波潭，向万圣老龙、九头驸马等索要祭赛国金光寺夜明宝珠的场景，同时也是孙悟空对九头驸马发出的最后通牒。本诗先是简单介绍了悟空在遇见唐僧前的主要经历，重点叙述的是唐僧师徒途经祭赛国的奇遇。

　　替祭赛国找回国宝，是唐僧师徒为僧人洗冤、给佛教争光的举动，悟空深知在行动中颂扬佛法的重要性。虽然"我等慈悲问旧情"和"快将宝贝献还他，免汝老少全家命"等诗句，体现了佛教的慈悲为怀。不过，孙悟空还是打死了万圣老龙，又和猪八戒以及二郎神与梅山六圣一起，杀死了众多龙子、龙孙及万圣公主，咬去九头驸马的一个头任其逃往北海，还将万圣龙婆锁在金光寺守塔。

第六十四回

荆棘岭

匝地远天①，凝烟带雨。夹道柔茵②乱，漫山翠盖张。密密搓搓③初发叶，攀攀扯扯正芬芳。遥望不知何所尽，近观一似绿云茫。蒙蒙茸茸④，郁郁苍苍。风声飘索索，日影映煌煌⑤。那中间有松有柏还有竹，多梅多柳更多桑。薜萝缠古树，藤葛绕垂杨。盘团似架，联络⑥如床。有处花开真布锦，无端卉发远生香。为人谁不遭荆棘，那见西方荆棘长！

注 释

①匝：环绕，满。远天：遥远的天空。
②茵：垫子，这里指草。
③密密搓搓：聚集紧密。
④蒙蒙茸茸：密，茂盛。
⑤煌煌：明亮。
⑥联络：彼此交接。

赏 析

开头"匝地远天，凝烟带雨"八个字，是《西游记》写景时的一贯特点，从大处着笔，用夸张手法，写出了荆棘岭的无边无际。

"夹道""漫山"进一步凸显荆棘岭植被遍布、难以通行的细节。"柔茵乱""翠盖张""密密搓搓""攀攀扯扯"扣紧"荆棘"二字，强化形象。"遥望""近观"表明观察角度的变化，"蒙蒙茸茸，郁郁苍苍"两组叠词既刻画了形态，又凸显了样貌。"风声""日影"从侧面再行托举，表示角度变换了。松、柏、竹以三个"有"字连缀，梅、柳、桑以三个"多"字连缀，绵密不尽。"薜萝缠古树，藤葛绕垂杨"，每句各出一个动词；"盘团似架，联络如床"，每句各用一个比喻，动态化、形象化地铺排出荆棘岭荆棘交叉、薜萝牵绕，使人寸步难行。"为人谁不遭荆棘，那见西方荆棘长！"最后两句让这首写景诗有了依傍，和故事情节、主题形成了有效的呼应。

木仙庵联句

禅心似月迥①无尘（唐三藏），诗兴如天青更新（劲节公）。
好句漫裁②抟③锦绣（孤直公），佳文不点唾奇珍④（凌空子）。
　　六朝一洗繁华尽，四始重删雅颂分（拂云叟）。
　　半枕松风茶未熟，吟怀潇洒满腔春（唐三藏）。

注释

①迥：高远的样子。　　　　③抟：聚集。
②漫裁：信手写出。　　　　④唾奇珍：口中吐出奇异的珍宝。

赏析

　　联句是古代作诗的方式之一，即由两人或多人共作一首诗，联结成篇，多为友人宴饮时酬答之作。小说写唐僧看到木仙庵"水自石边流出，香从花里飘来。满座清虚雅致，全无半点尘埃"的仙境景色，情乐怀开，念出"禅心似月迥无尘"的诗句，表明向佛取经之心洁净不染。

劲节公以"诗兴如天青更新"的比喻把诗兴写得有形有质，如在眼前，可观可感。孤直公和凌空子的诗也是因时因地妙手裁成，对仗工整，谐于声律。

拂云叟的诗是说南北朝那种浮华奢艳的诗歌，早已随着王朝的灭亡而化为历史的烟云，今天我们重新开始增删阅读先秦时期《诗经》里的"风""雅""颂"的诗句。古人卧必以枕，陆游《感秋》诗："一枕凄凉眠不得，呼灯起作感秋诗。""半枕"是说时间不久，"满腔春"是指春意满腔，突出了唐僧的境界还没有达到大成，所以要过这八百里的荆棘岭，就要破除思想上的贪恋。杏仙要与唐僧成亲时，唐僧顿时领悟，这一切贪恋，都是他前行的阻碍。特定情境与特定情节的统一，使联句诗具有很强的艺术感染力。

木仙庵诗会之唐僧唱诗

杖锡西来拜法王，愿求妙典远传扬。
金芝①三秀②诗坛瑞，宝树③千花莲蕊香。
百尺竿头须进步，十方世界④立行藏。
修成玉象庄严体，极乐门前是道场。

注释

①金芝：指金色芝草，是古代传说中的一种仙药。
②三秀：灵芝一年开花三次，故又称"三秀"。
③宝树：佛教术语，指极乐世界里能够结出奇异珍宝的草木。
④十方世界：指东西南北、四维、上下，由于十方无量无边，故曰十方世界。

赏析

本诗大意：我手持锡杖，从东土大唐一路向西去拜见如来佛祖，想求得真经。那里金色的灵芝仙草，也是一年三次开花，在宋代，被大诗人陆游吟诵过。极乐净土有能够结出金银珠宝的神树，仙草繁花，散发着莲花一般的清香。竹竿头长得再高，仍然会向更高处生长。人又何尝不是如此。在纷繁复杂、无量无边的十方世界，人一旦被委以重任，就要积极而为；如果没被任用，就安心退隐。只有这样方能修身成佛，将极乐世界作为修行学道的处所。

唐僧一行离开了祭赛国，继续西行。在八百里荆棘岭，猪八戒大显神勇，挥舞钉钯在前头开路。这天傍晚，他们经过一座古庙，唐僧被谎称是荆棘岭土地的老者所化阴风，摄到了千年桧树、柏树、老竹、松树等修炼成精的木仙庵。桧树精凌空子、柏树精孤直公、竹子精拂云、松树精十八公与唐僧以赛诗会的形式，进行了一场道、佛论战。四位妖精先是以诗歌自报家门，介绍了自己的年龄、特征、经历及兴趣爱好、信仰追求等，再表示自己虽然洁身修炼全真丹道，喜爱黄老三清道学，但是对求取佛经的苦行僧也很感兴趣，想以诗会友，和唐僧一起坐而论道、谈天说地。唐僧一听，非常高兴，大有相见恨晚的感觉，兴致勃勃地与他们一起吟诗作赋、联句游戏。

唐僧的这首七律表明了他一心向佛、不畏艰难、西行取经的决心，对修成正果充满期待。

木仙庵诗会之十八公和诗

劲节孤高笑木王，灵椿不似我名扬。
山空百丈龙蛇影。泉泌千年琥珀香。
解与乾坤生气概①，喜因风雨化行藏②。
衰残自愧无仙骨，惟有苓膏结寿场。

①气概：在某种活动中或生存方式中表现出来的态度、举动或气势。
②行藏：行止。

赏 析

"十八公"，合起来是个"松"字。三国时期，吴人丁固梦见自己肚子上长出一株松树，就对人说："'松'字可拆为'十八公'。"

十八年后，我当被封为公。"后来丁固果然做了司徒。南朝范云《咏寒松》道："凌风识劲节，负霜知真心。"所以松树精十八公又号劲节。"灵椿"典出庄子《逍遥游》中的"上古有大椿者，以八千岁为春，八千岁为秋"，后人以"灵椿"代指长寿之树。

  诗句首联大意为：我孤高的品行可以超过木王灵，因为它没有我名气大。颔联中的"龙蛇影"，一语双关，既是指松树的姿态，也比喻非常杰出的人物；"琥珀"是松科植物的树脂历经千万年石化形成的，这里说珍贵的琥珀因"我"形成。颈联是诗中最为精警振起的句子，化用宋人王公韶《老松》诗"解与乾坤生气概，几因风雨长精神"，把"长精神"改成"化行藏"，更彰显了千年松树与自然合一所展现出来的磊落行止。尾联"衰残自愧无仙骨"看上去是自谦之词，但"惟有苓膏结寿场"却又强调了自己的价值。"苓膏"是茯苓做的，而茯苓是寄生在松根上的菌类植物，《淮南子·说山训》中有"千年之松，下有茯苓"之说。从"苓膏结寿场"中能看出十八公的自傲自得。

木仙庵诗会之孤直公和诗

霜姿常喜宿禽王，四绝堂前大器扬。

露重珠缨①蒙翠盖，风轻石齿碎寒香。

长廊夜静吟声细，古殿秋阴淡影藏。

元日迎春曾献寿②，老来寄傲③在山场④。

注释

①珠缨：比喻晶莹成串之物。

②"元日"句：旧时元旦以柏叶酒上寿，此处暗指柏树。

③寄傲：寄托高傲的情怀。

④山场：泛指山地。

赏析

李白《古风三十二首》中有"松柏本孤直，难为桃李颜"之说，所以松柏又有"孤直"的称号。前面已经给松树安上了劲节十八公的称号，因此这里把柏树精称为孤直公。禽王来栖息，就像凤凰栖息在梧桐树上一样，说明自己也是高雅脱俗的人。湖南长沙道林寺，珍藏有沈传师、裴休（后改为欧阳询）的书法，以及宋之问、杜甫的诗歌，后有人建了"四绝堂"安放这些宝物。堂前有柏树，相传为晋代名将陶侃所植，所以孤直公为了炫耀自己说："四绝堂前大器扬。"

苏轼的《登州孙氏万松堂》中有"露重珠蒙翠盖，风来石齿碎寒江"。这里作者改为"露重珠缨蒙翠盖，风轻石齿碎寒香"，一是用"轻"字和上文的"重"字形成工整对仗，二是用"香"字更加贴合此处情节，毕竟是八百里的荆棘岭，没有江流浩荡。"长廊夜静吟声细，古殿秋阴淡影藏"两句改自温庭筠的《晋朝柏树》"长廊夜静声疑雨，古殿秋深影胜云"句，更符合第一人称吟咏兴怀的情节。尾联说自己曾经在正月初一参与献寿，也是暗用"柏台"

典故，汉御史大夫府中多种植柏树，故称御史台为"柏台"。"老来寄傲在山场"，是说自己见过繁华，现在寄托高傲的情怀在这荆棘岭，自是能淡看风云变幻，任天上云卷云舒。

木仙庵诗会之凌空子和诗

梁栋之材近帝王，太清宫外有声扬[1]。
晴轩恍若来青气，暗壁寻常度翠香。
壮节凛然千古秀，深根结矣九泉藏。
凌云势盖婆娑影，不在群芳艳丽场。

注释

[1] "太清"句：据说老君曾在太清宫手植八桧。

赏析

本诗大意：我堪为梁栋之材，经常能够接近帝王。道家创始人太上老君，曾经在太清宫外亲手栽下八棵桧树，示意我们要远离仕途名利。这种超然洒脱的态度，反而令我们声名大振。因为我们质地坚硬，常被世人作为房梁、家具的首选用材。以桧木制成的门、窗、楼梯、栏杆等物件，在晴天阳光的照射下，散发出近乎春天的气息。桧木特有的香气，慢慢聚集到了房屋的角落，一闻到它，就使人想起那八棵千年古桧。它们具有壮烈的节操、凛然的气概，早已将太清精神的根扎到了九泉之下。高大的桧树直上云霄，枝繁叶茂，纷披婆娑，远离花天锦地的名利场。

由于桧树材质致密、坚硬，呈桃红色，美观而有芳香，是房屋建筑的栋梁之材，也是家具的优选材料，因而凌空子（桧树精）眼界高、见识广，他的和诗提倡一种高贵、恬淡、优雅、自在的生活态度，虽然已被帝王选作栋梁，但绝不放弃追寻"太清"的理想。以此暗讽唐僧是为了讨好唐太宗而西行取经。桧树精凌空子诗中"太清宫外有声扬"句中的"太清宫"，位于现在安徽省亳州市涡阳县城关镇，始建于东汉年间。据《太清记》述载，亳州太清宫有八棵桧树，都是太上老君亲手所栽。桧树精在诗中用此典故，是为了表明自己与太上老君关系密切。

木仙庵诗会之拂云叟和诗

淇澳①园中乐圣王，渭川千亩②任分扬。

翠筠③不染湘娥④泪，班箨⑤堪传汉史香。

霜叶自来颜不改，烟梢从此色何藏？

子猷去世知音少⑥，亘古留名翰墨场。

注释

①淇澳：《诗经》篇名，篇中提到竹子。
②渭川千亩：种竹千亩，可以使生活富庶达到千户侯的水平。
③筠：竹子。
④湘娥：指舜的妻子娥皇、女英。舜死，二妃挥泪把竹子染成斑竹。
⑤箨：竹笋上的皮。
⑥"子猷"句：王羲之的儿子平生最爱竹，曾说："不可一日无此君"。

赏析

本诗大意：渭水流域有千亩竹子随风摇曳，我就是翠竹园中德才超群、达到至境的君王。尧之女娥皇、女英，曾用眼泪点染竹身；东汉史学家班固，曾以竹简载录《汉书》。经历霜雪的竹叶依然翠绿，微风吹过，竹梢含烟。自从"不可一日居无竹"的王徽之逝去之后，就很少有人再像他那样痴爱竹子了。其实很多千古名篇，都是用竹笔杆的毛笔书写而成。

竹子是中国古代与文化联系最为紧密的植物之一。竹简、竹制笔杆的毛笔等，都是记载、书写中国文化的重要工具，所以拂云叟（竹子精）的和诗用典最多。拂云叟的和诗主张远离浊俗、寄情山水、天人合一、返璞归真，认为唐僧的取经行为世俗、功利。

木仙庵诗会之杏仙和诗

上盖留名汉武王，周时孔子立坛场。
董仙爱我成林积，孙楚曾怜寒食香。
雨润红姿娇且嫩，烟蒸翠色显还藏。
自知过熟微酸意，落处年年伴麦场^①。

注 释

①麦场：专门为麦收
而预留的地块。

赏 析

　　这是杏仙的自我推销。首先说自己历史悠久，可以追溯到孔子讲学时期。《庄子·杂篇·渔父》说："孔子游于缁帷之林，休坐乎杏坛之上。弟子读书，孔子弦歌鼓琴。"孔子本是春秋时期人，因为他说过"郁郁乎文哉，吾从周"的话，所以一般认为孔子信仰周代的文化，所以这里为了格律写"周时孔子"。

　　《西京杂记》记载，西汉时有人曾献一株杏树给汉武帝，这株杏树不仅花瓣五颜六色，而且比一般的杏花多出一瓣（六瓣），该杏又称"武帝杏"，所以杏仙把自己也和汉武帝拉上关系。

　　三国时期，东吴名医董奉隐居匡山，他行医济世却不收取医药费，只要求病愈者在他家周围种杏树。几年后，董奉隐家房前屋后栽满了杏树，当地人就把这片杏林叫作"董仙杏林"。相传西晋诗人孙楚曾经在寒食这一天用杏酪祭祀过介子推。

　　杏仙连续用典，立时成诗，在展露了自己的才学之后，她话锋一转，通过"雨润红姿娇且嫩"一句，逐渐将红杏引向了花色、情色，企图以美色诱惑唐僧，进而向唐僧逼婚。唐僧坚决不从，"被那些人扯扯拽拽，嚷到天明"。这时，徒弟们终于找到了木仙庵，众妖精吓得赶紧化为树木。猪八戒举起钉钯，将所有妖树悉数推倒。一场道、佛论战，最终以道教彻底失败而告终。

　　其实，唐僧不赞同八戒把这些善于吟诗的树妖打死，一向以除妖为己任的孙悟空也没有动手。这说明他们还是希望佛与道能够找到某种共通，无须遵循绝对的"道不同不相为谋"。虽然树妖对唐僧的全方位引诱与唐僧的取经目的相悖，但他们也有各自的观念道理和生活态度，其中也有值得吸收的成分。道、佛相合是唐僧、悟空等人，尤其是作者吴承恩的理想。但现实与理想的差距实在太大，当唐僧听到猪八戒说，如果不杀了这些树妖，"恐日后成了大怪，害人不浅也"，也就只好听之任之。因为唐僧刚刚体验了拒绝诱惑的艰难，明白绝大部分人，是不会像他那么有定力的，还不如将这些诱惑斩草除根，一了百了。

第六十五回

物华交泰

物华交泰①，斗柄回寅②。草芽遍地绿，柳眼满堤青。一岭桃花红锦浣③，半溪烟水碧罗④明。几多风雨，无限心情。日晒花心艳，燕衔苔蕊轻。山色王维画浓淡，鸟声季子舌纵横⑤。芳菲铺绣无人赏，蝶舞蜂歌却有情。

注 释

①物华交泰：天地之气和祥，万物通泰。
②斗柄回寅：指进入春天。
③浣：曲折蜿蜒。
④罗：轻软的丝织品。
⑤"鸟声"句：战国纵横家苏秦号季子，以舌辩闻名。此处形容鸟的舌头像苏秦一样。

赏 析

此时正值农历正月，万象更新，大地春回。早春初生的柳叶细长柔嫩，如人睡眼初展，所以称为"柳眼"，这是用拟人的手法极写春生之早。赵孟頫《湖上早春》诗中有"草芽随意绿，柳眼向人青"的句子，这里作者用为"草芽遍地绿，柳眼满堤青"，写出了满眼的春意。浣的本意是"曲折蜿蜒"，这里指桃花盛开，树树红霞顺依山势蜿蜒而行。"日晒花心艳，燕衔苔蕊轻"，对仗工整，明丽轻快，两个比拟，有情有义。"山色王维画浓淡，鸟声季子舌纵横"，这是写山色浓淡像王维的山水画一样让人陶醉，鸟声嘤嘤像纵横家苏秦舌辩的声音。两个比喻，有声有色。收笔"却有情"三个字，把山青水绿形质交融、蜂蝶恋花景物合一的美写得情致深婉，读后让人眉眼心肺都畅快无比。

唐僧自责

自恨当时不听伊，致令今日受灾危。
金铙之内伤了你，麻绳捆我有谁知。
四人遭逢缘命苦，三千功行尽倾颓。
何由解得迍邅①难，坦荡西方去复归！

注 释

①迍邅：处境不利、困顿。

赏 析

　　在第六十五回中，唐僧无视孙悟空的警告，非要进到所谓"小雷音寺"拜佛，导致取经团队全体被抓。被困在黄眉大王金铙之中的孙悟空，好不容易在诸神的帮助下逃离，却又被黄眉大王用后天袋子给收了回来。夜半时分，孙悟空听到了师父唐僧的这首哭诉诗。

　　原来，唐僧还误以为悟空仍然被扣在金铙之中，觉得自己这次可能没有救了，就开始后悔自己这一次又没能听取悟空的劝告，结果给全体带来灾祸。唐僧在自责的同时，还是禁不住怨天尤人。他一面担心金铙伤了悟空，一面又叹息没有人来关心自己。认为随他一起西天取经的人都很命苦，他们的相逢，正是缘于命苦；结伴同行之后仍旧命苦，几次三番都差点使取经大业毁于一旦。孙悟空原本对唐僧固执己见、不识好歹、殃及众人的做法非常恼火，但当他听到师父的一番悔悟之后，怒气全消，将师父等一千人全部救出。

第六十六回

弥勒佛

大耳横颐①方面相，肩查②腹满身躯胖。
一腔春意喜盈盈，两眼秋波光荡荡。
敞袖飘然福气多，芒鞋③洒落④精神壮。
极乐场中第一尊，南无弥勒笑和尚。

注释

①颐：腮，面颊。
②查：张开。
③芒鞋：用芒草编织的鞋子。
④洒落：洒脱。

赏析

　　东来佛祖弥勒佛的司磬童子，趁主人外出之机，偷了宝物金铙与后天袋子，再带上自己的敲槌，私逃下界自命为佛，号称"小西天小雷音寺黄眉大佛"。虽然有孙悟空的警告，但唐僧在见到所谓的"雷音寺"时，还是执意要进去拜佛，结果和八戒、沙僧一起被黄眉大王抓住，孙悟空也被困在了金铙之中。悟空设法逃出金铙之后，却与帮助他逃离的诸神一道，被黄眉大王用后天袋子给套了回来。悟空救唐僧等人不成，赶紧去南赡部洲武当山，请来北方真武的龟、蛇二将及五大神龙助战，可是五龙二将也被后天袋子收走。他接着又去南赡部洲盱眙山，请来了大圣国师王菩萨的徒弟小张太子和四大神将，结果他们又被后天袋子统统收走。正当孙悟空走投无路号啕大哭的时候，东来佛祖弥勒佛出现了。

　　弥勒佛敞胸露怀、衣着随意、心宽体胖、笑口常开，是一尊具有喜剧形象和亲民色彩的佛。他见到心急火燎的孙悟空，并没有直接去制服黄眉大王，而是把自己变成瓜农，让孙悟空去将黄眉怪引到瓜田里来，再将悟空所变的西瓜送给他吃，这样悟空就顺利钻到黄眉大王的肚子里尽情折腾。弥勒佛等悟空发泄完了愤恨，才现出本相，用后天袋子收走了黄眉大王。

　　这是小说中对弥勒佛的描写，诗歌前两句先是肖像形态描写，写出弥勒佛耳大、脸大、四方面孔的面相和肩膀张开、大腹便便的体态。第三、四两句写他笑口常开、喜气盈盈的神态和神光灼灼的清澈眼神。第五、六两句写他敞袖、芒鞋的衣着。第七、八两句交代他的身份。弥勒佛是佛教的未来佛，是释迦牟尼佛的继任者。弥勒，就是慈氏的意思，意指常怀慈悲之心。中国化的弥勒佛像笑口大开，显现出中国人民的宽厚仁慈、乐观向上和助人为乐。后人根据这尊佛像所包含的高度的文化内涵，在其佛龛两旁配了不少妙趣横生的楹联，与佛像珠联璧合，相映生辉。

第六十七回

悟空驼罗庄自述

祖居东胜大神洲，花果山前自幼修。
身拜灵台方寸祖，学成武艺甚全周。
也能搅海降龙母，善会担山赶日头；
缚怪擒魔称第一，移星换斗①鬼神愁。
偷天转地英名大，我是变化无穷美石猴！

注 释

①移星换斗：形容手段高超。

赏 析

　　本诗大意：我原本居住在东胜神洲傲来国花果山，最初只是自己求仙问道、修炼本领，后来去了灵台方寸山拜师学艺，全面掌握了各种武艺。像什么搅动海底江面、降服龙王龙母啦，用肩膀挑着一座山去追赶太阳啦，让星斗变换位置、捉弄一下星官天神啦，全都不在话下。尤其降魔除怪，我更是声名显赫、当属第一。我就是这样一个变化无穷的美石猴！

　　这是悟空在七绝山驼罗庄向李老汉借宿时的一段自我介绍。因为面对的是一位凡人，悟空简短叙说，虽然也是傲气十足、神乎其神，却没了他面向妖魔时所表露出的霸气。唐僧师徒从李老汉那里了解到，驼罗庄附近有一个蟒蛇精，经常祸害百姓。庄上村民曾经花钱请一个和尚来降妖，那和尚念了《法华经》《孔雀经》没起作用，结果被蟒蛇杀死。村民又请了一个道士，那道士驱神使将，结果竟然自己丢了性命。还是孙悟空名不虚传，他和猪八戒等一起除掉了蟒蛇精，为后来唐僧过七绝山打下了群众基础。

驼罗庄和尚捉怪

那个僧伽①，披领袈裟。先谈《孔雀》，后念《法华》。香焚炉内，手把铃②拿。正然念处，惊动妖邪。风生云起，径至庄家。僧和怪斗，其实堪夸：一递③一拳捣，一递一把抓。和尚还相应④，相应没头发。须臾妖怪胜，径直返烟霞，原来晒干疤。我等近前看，光头打的似个烂西瓜！

注释

①僧伽（jiā）：原指出家佛教徒四人以上组成的团体，后单个和尚也称"僧伽"。
②铃：用于法事诵经。
③一递：表示交替而做同样的动作。
④相应：相互呼应。

赏析

这是驼罗庄李姓老者向师徒四人形容捉怪和尚和妖怪红鳞大蟒打斗的一首打油诗，读来就像欣赏了一段舞台小品，跌宕起伏，妙趣横生。"伽""裟""华""拿""家""夸""抓""发""霞""疤""瓜"一韵到底，让诗句读来朗朗上口，既适合民间讲唱，也符合大众品位。和尚穿着袈裟，手拿法铃，在香烟缭绕中念诵着降妖的《孔雀》《法华》（此时唐僧还未从西天取到）两部经书，更显得宝相庄严。先写法师，这是蓄势，让人觉得和尚法力高深莫测。念经惊动妖怪，妖怪循声而至，而且用了一个"风生云起"，也是声势惊人。再写妖怪，也是蓄势。

接下来两方终于正面交手，你打我一拳，我抓你一把，就把高僧和妖怪都戏剧化了。"须臾"指时间极短，就是说妖怪很快就取得了胜利，高僧就掉下了神坛。高僧虽然穿着和尚的衣服，做着冠冕堂皇的事情，但并没有真本事，只是为了牟利，失败是必然的。"我等近前看，光头打的似个烂西瓜！"这句描写具有强烈的讽刺意味，在形象描绘中传达了写作意图，从而触发读者更多的联想。

好风倒树摧林

倒树摧林狼虎忧，播江搅海鬼神愁。
掀翻华岳三峰①石，提起乾坤四部洲②。
村舍人家皆闭户，满庄儿女尽藏头。
黑云漠漠遮星汉，灯火无光遍地幽。

注释

①华岳三峰：华山的莲花峰、落雁峰和朝阳峰。
②四部洲：东胜神洲、西牛贺洲、南赡部洲、北俱芦洲。

赏析

云从龙风从虎，小说中凡有神仙妖怪出现，必然有异象显现，这是七绝山红鳞大蟒出现时带起的风势。摧倒树木让虎狼担忧，搅动江海让鬼神发愁。可以吹翻华岳三峰上的石头，也可以吹起大地上的四大部洲。王实甫《西厢记》中有"泪添九曲黄河溢，恨压三峰华岳低"的句子，脍炙人口，以夸张手法形容怨恨把西岳华山都压低了。"掀翻华岳三峰石"也用夸张手法，和《西厢记》中的描写有异曲同工之妙。接下来一是为了铺排风大，二是为了韵文结构的要求，作者又采取互文见义的方式，写出家家户户关门闭户、藏身不出的景况，可谓写实。

　　前面六句都是从侧面极力渲染风大，最后两句改为正面描写。风势浩大，吹得黑云遮住星空银河，吹得遍地灯灭，一片幽暗。更妙的是下文写"慌得那八戒战战兢兢，伏之于地，把嘴拱开土，埋在地下，却如钉了钉一般"，已经妙趣横生，而风头过处，八戒扯出嘴来，抖抖灰土，仰着脸朝天一望，见有两盏灯光，忽然失声笑道："好耍子！好耍子！原来是个有行止的妖精！该和他做朋友！"

第六十八回

悟空论医

医门理法至微玄，大要心中有转旋。
望闻问切①四般事，缺一之时不备全：
第一望他神气色，润枯肥瘦起和眠；
第二闻声清与浊，听他真语及狂言；
三问病原经几日，如何饮食怎生便；
四才切脉明经络，浮沉表里②是何般。
我不望闻并问切，今生莫想得安然。

注 释

①望闻问切：中医的四种诊病方法。
②浮沉表里：四种脉象。

赏 析

　　孙悟空随唐僧西天取经来到了朱紫国，得知国王患病三年不愈，张贴皇榜寻找名医，便揭了皇榜来到王宫。国王被孙悟空丑陋的容貌与奇特的声音吓得跌在龙床之上，坚决不要孙悟空给他看病。于是，孙悟空就大谈医道，终于将朱紫国太医院的医官说得心服口服，他们一再劝国王接受诊疗。

　　在诗中，孙悟空首先从中医理法与玄学道家的关系入手，认为《老子》《庄子》《易经》，以及由此发展起来的各种流派玄学、易学、道学等，与中医药学水乳交融，对中医理论与实践方法影响很大。"大要心中有转旋"一句，是说人身体的"大要"在内心，内心的忧虑不安等负面情绪长期淤积，对人体健康的危害最大。诗的第三至十二句，都是在谈中医"望闻问切四般事"。中医的基本诊断方法就是望、闻、问、切，这是战国时期的神医扁鹊，在《八十一难经》中总结出来的诊断疾病的四种方法：望色、闻声、问状、切脉。孙悟空在诗的最后两句感叹道："我不望闻并问切，今生莫想得安然。"足见他对望闻问切的重视程度。孙悟空最后是用悬丝诊脉的方法为国王切脉，这才完成了望闻问切的诊疗过程。他诊断出朱紫国君王患有因忧思惊恐所导致的"双鸟失群"症，并亲自与八戒、沙僧连夜制药。他们将大黄一两，碾为细末；巴豆一两，去壳去膜，捶去油毒，碾为细末；再加锅底灰半盏，和着半盏马尿，制作出了"乌金丹"，以龙涎无根水送服，治好了国王的病。

孙悟空在谈论医道的时候，还提到了《素问》《本草》《脉诀》等医书。这些中医学论著，都是在中国古代自然哲学思想体系的影响下，经过神农遍尝百草、黄帝针灸推拿、伊尹煎汤调液、彭祖运气导引等漫长的中医实践，逐渐结出的累累硕果。《西游记》的作者吴承恩，通过孙悟空这个神话人物来演示中医的神奇疗效，既生动形象地展示了中医药学科学性、合理性一面，但同时也毫不留情地揭示了其故弄玄虚、荒诞不经的另一面。

第七十回

悟空朱紫国自述

我身虽是猿猴数，自幼打开生死路。

遍访明师把道传，山前修炼无朝暮。

倚天为顶地为炉，两般药物团乌兔①。

采取阴阳水火交，时间顿把玄关悟。

全仗天罡②搬运功，也凭斗柄迁移步。

退炉进火最依时，抽铅添汞相交顾。

攒簇五行③造化生，合和四象④分时度。

二气归于黄道⑤间，三家会在金丹路。

悟通法律⑥归四肢，本来筋斗如神助。

一纵纵过太行山，一打打过凌云渡。

何愁峻岭几千重，不怕长江百十数。

只因变化没遮拦，一打十万八千路！

注 释

①乌兔：上古神话传说日中有乌、月中有兔，故合称日月为乌兔。

②天罡：古星名，即北斗七星的柄。道教认为北斗丛星中有三十六个天罡星、七十二个
地煞星。

③五行：通常指水、火、木、金、土五种物质。中国古代思想家把这五种物质作为组成万物的基本元素，以说明世界万物的起源和变化。

④四象：中国古代将星空分成的四个大组。即将二十八宿分成四大组，每组七宿，合成一象。四组分别同四个方向、四种颜色、四种动物相匹配。即东方苍龙，青色；南方朱雀，红色；西方白虎，白色；北方玄武，黑色。

⑤黄道：地球绕太阳公转的轨道平面与地球相交的大圆。由于古人认为是太阳绕着地球转，太阳一年在天空中移动三百六十五或三百六十六圈，而这个移动的路线就是黄道。

⑥法律：道法、佛法。指道教、佛教的道理、规章、法则。

赏析

本诗大意：我虽然类属猿猴，但自幼就打通了生死之路，在天庭与地狱间随意行走，还遍寻高人，拜师问道，幸得真传，刻苦修炼。以天地为丹炉，用日月当药料，采阴阳之气，融水火时光，我终于似仙丹炼成，顿时领悟入道的法门。这金丹火候适度，铅汞相宜，含五行造化，合星际四象。再按照北斗星的三十六天罡练功夫、七十二地煞习变化。遵循太阳的运行轨迹，调和天地、生灵与自身的阴阳二气，彻悟佛道之法，使神奇奥妙的力量通达全身四体，一个筋斗能翻过十万八千里，稍一纵身就将太行山撇在脑后，再一转身又轻松越过凌云渡到达佛国世界。凡间的崇山峻岭、江河湖海，怎么可能难倒我变化多端的孙悟空。

唐僧一行来到朱紫国，得知朱紫国王后被麒麟山獬豸洞的妖精赛太岁掳去当压寨夫人，国王因此忧伤患病。悟空施展本领医好国王的重病之后，又要去制服赛太岁，解救王后金圣宫娘娘。这首诗是悟空在临行之前，向疑虑重重的国王介绍自己的非凡本领。

由于孙悟空在朱紫国大谈医门理法与玄道的关系，同时又施展高超医术治好了国王的顽疾，所以在这首诗里，他进一步谈论玄道与修炼本领的关系。孙悟空通过自身的独

特经历，把自己已经将丹道玄学、天地阴阳、人体五行、功夫修炼全部打通的本领告诉大家，让国王尽管放心。

朱紫国人马骁勇

弓箭刀枪甲与衣，干戈①剑戟并缨旗。剽②枪月铲兜鍪③铠，大斧团牌④铁蒺藜⑤。长闷棍⑥，短窝槌，钢叉铳⑦铇及头盔。打扮得靴鞋护顶并胖袄，简鞭⑧袖弹与铜锤。

注 释

①干戈：均为古代兵器。
②剽：轻捷。
③兜鍪（dōu móu）：古代作战时戴的头盔。
④团牌：盾牌，古代用来防护身体的武器。
⑤蒺藜（jí lí）：在古代战争中，将其撒布在地，用以迟滞敌军行动。
⑥闷（mèn）棍：古代兵器。
⑦铳（chòng）：对古代金属管形射击火器的概称。
⑧简鞭：简和鞭，古代兵器。

赏 析

这一段文字中的兵士可以说是全副武装。衣着有头盔、衣甲、战靴、护顶和棉上衣，武器有弓、箭、刀、枪、干、戈、剑、戟、缨旗、剽枪、月牙铲、大斧、盾牌、铁蒺藜、闷棍、窝槌、钢叉、铳铇、简、鞭、袖弹、铜锤等，比常说的十八般兵器还要多。十八般兵器，在各个历史时期有所不同。《古今杂剧》所收《敬德不服老》中就有"他十八般武艺都学就，六韬书看的来滑熟"的唱词。《水浒传》第二回说十八般武艺是矛、锤、弓、弩、铳、鞭、铜、剑、链、挝、斧、钺并戈、戟、牌、棒与枪、杈。近代戏曲界有人称十八般武艺为刀、枪、剑、戟、斧、钺、钩、叉、鞭、铜、锤、抓、镗、棍、槊、棒、拐、流星锤。十八般武艺所列兵器十分丰富，体现了我国文明的进步。

这一段文字是悟空在麒麟山獬豸洞向赛太岁金毛吼夸耀朱紫国人马骁勇的诗句。悟空之所以要这样夸耀，一方面是因为那妖精太傲慢，不向他行礼；另一方面也是为了试探一下妖精的虚实。至于妖精为了安慰金圣娘娘让悟空去那里述说朱紫国："人马骁勇，必然胜我，且宽他一时之心。"那就是意外之喜了，也能看出这段文字在情节上的重要性。

第七十一回

悟空麒麟山自述

生身父母是天地，日月精华结圣胎。

仙石怀抱无岁数，灵根孕育甚奇哉。

当年产我三阳泰，今日归真万会谐。

曾聚众妖称帅首，能降众怪拜丹崖。

玉皇大帝传宣旨，太白金星捧诏来。

请我上天承职斋，官封"弼马"不开怀。

初心造反谋山洞，大胆兴兵闹御阶。

托塔天王并太子，交锋一阵尽猥衰①。

金星复奏玄穹帝②，再降招安敕旨来。

封做齐天真大圣，那时方称栋梁材。

又因搅乱蟠桃会，仗酒偷丹惹下灾。

太上老君亲奏驾，西池王母拜瑶台。

情知是我欺王法，即点天兵发火牌。

十万凶星并恶曜，干戈剑戟密排排。

天罗地网漫山布，齐举刀兵大会垓。

恶斗一场无胜败，观音推荐二郎来，

两家对敌分高下，他有梅山兄弟侪③。

各逞英雄施变化，天门三圣拨云开。

老君丢了金钢套，众神擒我到金阶。

不须详允书供状，罪犯凌迟④杀斩灾。

斧剁锤敲难损命，刀抢剑砍怎伤怀！

火烧雷打只如此，无计摧残长寿胎。

押赴太清兜率院，炉中煅炼尽安排。

日期满足才开鼎，我向当中跳出来。

手挺这条如意棒，翻身打上玉龙台。

各星各象皆潜躲，大闹天宫任我歪⑤。

巡视灵官忙请佛，释伽与我逞英才。

手心之内翻筋斗，游遍周天去复来。

佛使先知赚哄法，被他压住在天崖。

到今五百余年矣，解脱微躯又弄乖。

特保唐僧西域去，悟空行者甚明白。

西方路上降妖怪，那个妖邪不惧哉！

注释

①猥衰：狼狈。
②玄穹帝：指玉皇大帝。
③侪：同辈。
④凌迟：古代一种分割人的肢体的残酷死刑。
⑤歪：横行无忌。

赏析

这首诗是孙悟空对麒麟山獬豸洞的妖精赛太岁所作的自我介

绍。诗的前八句，孙悟空回顾了自己从出生到在花果山占山为王的经历。"玉皇大帝传宣旨"句至"那时方称栋梁材"句，写自己两次被玉皇大帝招安，一次被封"弼马温"，一次被封"齐天大圣"。孙悟空并不避讳自己"初心造反谋山洞，大胆兴兵闹御阶"，曾经企图造反，推翻玉帝，还将自己此后接受招安的经历，总结为"那时方称栋梁材"。从"又因搅乱蟠桃会"句到"大闹天宫任我歪"，是本诗的重点。三十二句一气呵成，尽情写孙悟空的天庭战绩：从搅乱蟠桃会发展为大闹天宫。"巡视灵官忙请佛"句至最后，写孙悟空与佛门的渊源，并告诫赛太岁要千万小心。失去了紫金铃的赛太岁，果然不再是孙悟空的强劲对手，要不是观音菩萨及时赶到将其收回，恐怕就要一命呜呼了。

由于赛太岁本是观音菩萨的坐骑金毛，本领极强，尤其他的项上饰物紫金铃，晃一晃出火、晃两晃生烟、晃三晃飞沙走石，令孙悟空吃了很多苦头。悟空设了很多计谋去对付赛太岁，最后变成被赛太岁掳去的朱紫国金圣宫娘娘的贴身丫鬟，用假铃铛换走了真的紫金铃铛，才得以成功。孙悟空虽然带着真紫金铃去洞口向赛太岁叫阵，但他仍然不敢掉以轻心，将自己在跟随唐僧之前的辉煌业绩介绍得格外详尽。这样做的目的，一是可以给自己壮势，二是想以此消磨对方的意志。

第七十二回

美女踢球

飘扬翠袖，摇拽缃裙①。飘扬翠袖，低笼着玉笋纤纤；摇拽缃裙，半露出金莲窄窄。形容②体势十分全，动静脚跟千样翘。拿头过论③有高低，张泛送来真又楷。转身踢个出墙花，退步翻成大过海。轻接一团泥，单枪急对拐。明珠上佛头，实捏来尖掣。窄砖偏会拿，卧鱼将脚捱。平腰折膝蹲，扭顶翘跟翘。扳凳能喧泛，披肩甚脱洒。绞裆任往来，锁项随摇摆。踢的是黄河水倒流，金鱼滩上买。那个错认是头儿，这个转身就打拐。端然捧上臁④，周正尖来捽⑤。提跟潠⑥草鞋，倒插回头采。退步泛肩妆，钩儿只一歹。版篓下来长，便把夺门揣。踢到美心时，佳人齐喝采。一个个汗流粉腻透罗裳，兴懒情疏方叫海。

注释

①缃裙：浅黄色的裙子。
②形容：形体和容貌。
③过论：传球。
④臁（lián）：小腿。
⑤捽（zuó）：抵触。
⑥潠（xùn）：喷洒。

赏析

蹴鞠是指古人以脚蹴、蹋、踢皮球的活动，类似今日的足球。据《史记》等记载，在距今两千多年前或更早的时期，在齐国临淄就已经广泛开展足球活动。唐代把蹴鞠用的球发展成充气的球，而英国发明吹气的球是在11世纪，比我国唐代晚了三四百年。唐代开始有女子足球。女子足球的踢法是没有球门的，以踢高、踢出花样为能事，称为"白打"。白打则主要是比赛花样和技巧，亦称比赛"解数"每一套解数都有多种踢球动作，如拐、蹴、搭、蹬、抢等。古人还给一些动作取了名字，如转乾坤、燕归巢、斜插花、风摆荷、佛顶珠、旱地拾鱼、金佛推磨、双肩背月、拐子流星等。

《西游记》中交代的"只见那茅屋里面有一座木香亭子，亭子下又有三个女子在那里踢气球哩"，符合宋人王云程《蹴鞠图谱》里说的"三人场户：校尉一人，茶头一人，子弟一人"，这是标准的三人制足球赛。

这段诗文，通过对踢球的三个蜘蛛精翠袖、缃裙的着装，"飘扬""摇拽"的娇态，出神入化的球技，辗转腾挪的动作，披肩飞扬、腰上饰品舞动、颈上项链摆动映托，以及踢球招数的描写，细致入微地展现了古代女子踢球的套路，总结了自汉、唐、宋以来蹴鞠的玩法，引人入胜。而且，这里描写得越形象，对唐僧的考验就越有效，所以小说后面写："话表三藏师徒们打开欲网，跳出情牢"则直接表明了写作意图。

第七十三回

毗蓝婆菩萨

头戴五花纳锦①帽，身穿一领织金袍。

脚踏云尖凤头履，腰系攒丝双穗绦。

面似秋容霜后老，声如春燕社前娇。

腹中久谙三乘②法，心上常修四谛③饶。

悟出空空真正果，炼成了了自逍遥。

正是千花洞里佛，毗蓝菩萨姓名高。

注释

①纳锦：中国刺绣传统阵法之一，属于苏绣纱绣的一种。
②三乘：佛教术语，指三种交通工具，比喻运载众生渡越生死到涅槃彼岸的三种法门。
③四谛：佛教以苦、集、灭、道为四谛。四谛是佛教的基本教义。

赏析

　　毗蓝婆菩萨是帮助悟空除掉蝎子精的昴日星官的母亲。从诗中可以看出，她的外貌与昴日星官的本相非常接近。这个面容苍老却声音脆嫩的菩萨，其实是一尊佛、道二教的混合佛，一直在紫云山千花洞内修炼悟道。

　　悟空、八戒、沙僧等将师父唐僧从盘丝洞中救出，来到黄花观化斋。火眼金睛的孙悟空未能发现观中道士是蜈蚣精所变，更没有想到这个蜈蚣精居然和盘丝洞蜘蛛精是同门师兄妹。蜈蚣精为了给上门求救的蜘蛛精报仇，也为了能够吃到唐僧肉，就悄悄将毒药放进茶水之中，使唐僧、八戒、沙僧不幸中毒。孙悟空一怒之下打死了蜘蛛精，却难敌两胁之下千眼放光的蜈蚣精。在黎山老母的指点下，孙悟空来到紫云山千花洞，找到了佛道兼修的毗蓝婆菩萨。毗蓝婆不仅收服了蜈蚣精，令其日后为她看守门户，还用解药救治唐僧等人，也是一位救苦救难、大慈大悲的菩萨。

第七十四回

夏末即景

急雨收残暑，梧桐一叶惊。
萤飞莎径^①晚，蛩^②语月华明。
黄葵开映露，红蓼^③遍沙汀^④。
蒲柳^⑤先零落，寒蝉应律鸣。

注 释

①莎径：长满莎草的小路。
②蛩：蟋。
③蓼：草本植物，生长在水边或水中。
④沙汀（tīng）：水边小洲。
⑤蒲柳：也叫水杨，秋天早凋。

赏 析

　　唐僧一行离开蜈蚣精的黄花观时还是春天，但当他们到达狮驼岭的时候，已是夏末秋初，作者以诗的形式描绘此情此景。

　　本诗大意：一场急雨，浇灭了夏日最后一点暑气。梧桐树上的绿叶不免心中一惊：哎呀，秋天就要来了，我很快就要凋落啦。夜幕降临，月华初上，萤火虫依然在草丛间无忧无虑地闪烁着微光，蟋蟀的鸣唱是那般自由自在。它们一点都没有意识到，注定要断送它们生命的秋凉，已经离它们不远了。黄葵迎着朝霞，展露着自己的美丽容颜。喜欢长在水边的红蓼，继续沿着河岸，点染出淡红色的小花。蒲柳是秋天最容易凋零的树木，蝉是一遇冷就不愿鸣叫的昆虫，它们已经感受到了淡淡的秋意。

本诗语言精练、用词准确、场景丰富、色彩鲜明。每一行诗句，都可以构成一幅绘画小品。"梧桐一叶惊"句中的"惊"字，不仅拟人化地写出了梧桐树对秋凉的惊骇，也隐含了唐僧等人在取经路上时常出现的惊恐情状。唐僧师徒在经历了黄花观遇险，即将进入更加惊险刺激的狮驼岭之前，领略这么一段赏心悦目的初秋景色，是大自然对他们的犒赏。

在《西游记》中，作者经常在主人公遇险间隙，或是开战之前，安排一些写景状物的诗词章赋，这样不仅增强了小说的文学性与艺术性，也使读者的阅读心理有张有弛，进行适当调剂。

第七十五回

金翅大鹏

金翅鲲头，星睛豹眼。振北图南，刚强勇敢。变生翱翔，鹩笑龙惨①。抟②风翮③百鸟藏头，舒利爪诸禽丧胆。

注释

①鹩笑龙惨：鹩以自己飞行蓬蒿间嘲笑大鹏。
②抟：凭借。
③翮：鹏的翅膀。

赏析

《西游记》中作者借用传说和化用经典塑造出的金翅大鹏雕的形象，最能见出作者对佛教、道教文化的兼容博采，也体现出作者兼收并蓄的开放胸怀。庄子在《逍遥游》中用汪洋恣肆的笔墨，洋洋洒洒地描写了出水为鹏、入水为鲲的鲲鹏形象，想象奇特，言辞瑰丽。"金翅鲲头""振北图南""鹩笑""变生朝翔""风翮百鸟藏头""云程九万"显然是从其中借用而来，不得不佩服作者剪裁语言的巧妙。"眼""敢""惨""胆"四个字则构成诗歌的韵脚，形成磅礴声势。大鹏金翅鸟又叫迦楼罗鸟，佛教很多经典中都有记载，它的头、翼、爪、嘴如鹫，身体金色，以诸龙为食，诗中的"龙惨"应该是由此而来。所以本诗的价值在于把中西传说熔铸一炉，刻画了狮驼洞三大王之一的大鹏鸟神通广大、勇猛凶残的形象。小说后文还提供了它的来历：混沌初开，万物皆生。飞禽以凤凰为长，凤凰生下孔雀和大鹏。孔雀曾经把如来吞下肚子，如来剖开它的脊背，跨上灵山。如来想杀孔雀，被诸佛劝解，便封孔雀为佛母孔雀大明王菩萨。所以金翅大鹏在《西游记》中既有能耐，又有背景，狂傲无畏，只有如来亲自出手才能降服它。

悟空狮驼洞自述

生就铜头铁脑盖，天地乾坤世上无。
斧砍锤敲不得碎，幼年曾入老君炉。
四斗星官①监临适，二十八宿用工夫。
水浸几番不得坏，周围挖搭②板筋铺。
唐僧还恐不坚固，预先又上紫金箍。

注 释

①四斗星官：也称"四象星官"，即二十八宿星官。
②挖搭：疙瘩。

赏析

本诗大意：我先天生就的铜头铁盖，原本在宇宙天地间就当属唯一，后来又经太上老君炼丹炉的历练，就变得更加坚固了。四象星官亲临现场见证了这个过程，二十八宿星还花了七七四十九天的时间来监督此事。我的这颗脑袋坚硬无比，弹性韧度极佳，不怕刀劈斧砍，不惧水浸锤敲，再加上师父唐僧又为它增添了一个"紫金箍"，变得愈加坚不可摧。

狮驼岭的青狮、白象、大鹏三怪，是孙悟空在战胜蜘蛛精、蜈蚣精之后，遇到的对自身危害最大的三个妖精，令他在青毛狮子怪的阴阳二气瓶里差点丧命。幸亏有观音菩萨以前给的三根救命毫毛，孙悟空得以钻透瓶底逃脱。随后他和八戒一起再去狮驼洞大战三怪。大王青毛狮子怪首先出洞迎战，他没有想到孙悟空的铜头铁盖异常坚硬，就吹嘘说，只要让他在孙悟空的头上砍三刀，就放唐僧过境。轻松挨了一刀后，孙悟空开始得意扬扬地向惊诧万分的青毛狮子怪介绍自己坚硬无比的脑袋。

紧箍原本是孙悟空的软肋，可他却在诗中巧妙对应、避实就虚，将人们看得见的紧箍，说成是师父唐僧为了给他脑袋加固特意放置的，隐去了它不过是为了配合紧箍咒惩罚自己这个实情。

青毛狮子怪本是文殊菩萨的坐骑，他和白象怪、大鹏怪都是来自佛界的妖魔。他们不仅在下界为害多年，控制了狮驼国，还对同为佛界金蝉子转世的唐僧屡下毒手。为了能够吃到唐僧肉，使出了浑身的解数。被迫弃道从佛的孙悟空，凭借道家的本领护佑着一心向佛的唐僧，又用观音菩萨的三根救命毫毛保全了自己。对于玉皇大帝来说，大闹天宫的孙悟空就是恶，必须置他于死地，道家收拾不了，就请佛家收拾。青狮、白象、大鹏三怪，都是来自佛界的恶，但佛祖与菩萨对他们并无太多惩罚，只是收服了之。

金箍棒

棒是九转镔铁炼，老君亲手炉中煅。

禹王求得号"神珍"，四海八河为定验。

中间星斗暗铺陈，两头箍裹黄金片。

花纹密布鬼神惊，上造龙纹与凤篆①。

名号"灵阳棒"一条，深藏海藏人难见。

成形变化要飞腾，飘飖五色霞光现。

老孙得道取归山，无穷变化多经验。

时间②要大瓮来粗，或小些微如铁线。

粗如南岳细如针，长短随吾心意变。

轻轻举动彩云生，亮亮飞腾如闪电。

攸攸冷气逼人寒，条条杀雾空中现。

降龙伏虎谨随身，天涯海角都游遍。

曾将此棍闹天宫，威风打散蟠桃宴。

天王赌斗未曾赢，哪吒对敌难交战。

棍打诸神没躲藏，天兵十万都逃窜。

雷霆众将护灵霄，飞身打上通明殿。

掌朝天使尽皆惊，护驾仙卿俱搅乱。

举棒掀翻北斗宫，回首振开南极院。

金阙天皇见棍凶，特请如来与我见。

兵家胜负自如然，困苦灾危无可辨。

整整挨排五百年，亏了南海菩萨劝。

大唐有个出家僧，对天发下洪誓愿。

枉死城中度鬼魂，灵山会上求经卷。

西方一路有妖魔，行动甚是不方便。

已知铁棒世无双，央我途中为侣伴。

邪魔汤着赴幽冥，肉化红尘骨化面。

处处妖精棒下亡，论万成千无打算。

上方击坏斗牛宫，下方压损森罗殿。

天将曾将九曜追，地府打伤催命判。

半空丢下振山川，胜如太岁新华剑。

全凭此棍保唐僧，天下妖魔都打遍！

注释

①凤篆：道家所用的文字。
②时间：立即。

赏析

　　唐僧一行来到狮驼岭，太白金星特地前来告诉他们，掌控这里的三个妖魔，不仅武艺高强，而且来头不小，其中一位还是如来佛祖的舅舅。孙悟空为了探听虚实，变作狮驼洞小妖小钻风的模样进到洞里，却被三魔王大鹏怪识破后，装入能够将人化为脓血的阴阳二气瓶。正当孙悟空感觉自己必死无疑的时候，突然想起观音菩萨曾经交给他三根救命毫毛。孙悟空将那救命毫毛一根变作金刚钻，一根变作竹片，一根变作绵绳，现做一个手动钻，从瓶里逃了出来。随后悟空又与八戒一起再次来到狮驼洞，展示自己的金箍棒神威。这首诗是孙悟空向大魔王青狮怪夸赞自己的神奇兵器金箍棒。

　　诗的第一至第十二句，交代金箍棒的来历与外形。"老孙得道取归山"至"条条杀雾空中现"句，描写孙悟空得到金箍棒之后，很快就运用自如，并赋予它更多神奇的力量与变幻。"降龙伏虎谨随身"至"困苦灾危无可辨"句，叙述金箍棒跟随孙悟空闹天宫、斗天王、战哪吒，所向披靡，迫使玉皇大帝不得不请来如来佛祖才将悟空制服。"整整挨排五百年"至"央我途中为侣伴"句，陈述悟空因"南海菩萨劝"，答应保护唐僧西天取经而与佛门结缘的经过。"邪魔汤着赴幽冥"句至最后，历数悟空用金箍棒保护唐僧西行的赫赫战功。

孙悟空之所以要用大段诗句盛赞自己的兵器，尤其是"已知铁棒世无双，央我途中为侣伴""全凭此棍保唐僧，天下妖魔都打遍"等诗句，更是将自己的战绩全部归功于金箍棒，就是因为他深知阴阳二气瓶的厉害，想用金箍棒跟阴阳二气瓶叫板。孙悟空原先是道家的弟子，他所练就与施展的本领，也都全部来自道家。后来他也是用道家的本领，保护佛家的取经僧。不过，当他被困在大鹏怪的阴阳二气瓶中危在旦夕时，最后救他一命的是观音菩萨送给他的三根救命毫毛。可见，是道家造就了孙悟空，佛家最终挽救了悟空，道与佛在悟空身上实现了巧妙融合。大鹏怪是佛门近亲，但他的阴阳二气瓶却汲取了阴阳道家的能量。表明佛、道斗法的最高境界，其实应当是相互借鉴、取长补短。

第七十七回

狮驼岭大战

　　六般体相①六般兵，六样形骸②六样情。六恶六根缘六欲，六门六道赌输赢。三十六宫春自在，六六形色恨有名。这一个金箍棒，千般解数③；那一个方天戟，百样峥嵘④。八戒钉钯凶更猛，二怪长枪俊又能。小沙僧宝杖非凡，有心打死；老魔头钢刀快利，举手无情。这三个是护卫真僧无敌将，那三个是乱法欺君泼⑤野精。起初犹可，向后弥凶。六枚都使升空法，云端里面各翻腾。一时间吐雾喷云天地暗，哮哮吼吼只闻声。

赏 析

　　《西游记》中许多情节并没有丹道色彩，但是作者将宣扬丹道理论的回目诗、回前诗和回后诗安排到相关情节以及表现情节的诗词中，从而建立起一种隐喻关系，这是明清章回小说表达宗教哲理理念的一种普遍形式。

诗句前六句用了十一个"六"和一个"三十六"，不但形式上符合六字数字诗每句中都嵌入两个"六"字的格式，更与小说的情节非常吻合，而且含有深层的哲理寓意，要表述的就是悟空、八戒、沙僧与狮、象、鹏三个妖魔的交战其实是人内心六欲的交战，而六欲交战就是修心炼魔的取经过程。诗句还描绘了打斗的细节，我们能看出悟空用金箍棒对战用方天戟的三魔，八戒用钉钯对战用长枪的二怪，沙僧用宝杖对阵用钢刀的大魔。他们从地上打到空中，只打了个天昏地暗，难分难解。这首诗在人物塑造、情节描述、主旨表达、强化通俗小说特点、增加诙谐性等方面都体现出了一定的作用，让读者感受到了打斗的激烈，表现出作者驾驭语言的能力。我们应该辩证认识《西游记》中的心性修炼和世俗化特质这两个核心命题，既不要把《西游记》看成是宗教小说，也不要把《西游记》看成是某一特定意识形态的反映，穿凿附会，而要把《西游记》看成是人生哲理的形象表述。

恨我欺天困网罗

恨我欺天困网罗，师来救我脱沉疴[1]。
潜心笃志同参佛，努力修身共炼魔[2]。
岂料今朝遭蜇害[3]，不能保你上婆娑[4]。
西方胜境无缘到，气散魂消怎奈何！

赏 析

  这首诗是悟空以为唐僧被狮驼岭的妖怪吃掉后，放声大哭的一段心声。前两句回顾了自己因为大闹天宫被如来佛祖压在五行山下，师父唐僧揭下六字真言，让自己重获自由的往事，充满了对过往的忏悔和对师父的感激之情。魔是心生出来的，降服妖魔也得靠心，所以悟空又称心猿。炼魔的过程也是修心的过程，而修心的过程也是一路斩妖除魔、忠心护主、为民除害、造福苍生的过程，是潜心笃志参悟佛理的过程，也就是在西行途中拴住心猿的成长过程。后面四句写师父已经遭到妖魔毒手，悟空再也不能保护他到达西天求取佛经了。唐僧已死的谣言，失去了西行者的主心骨，三军无帅，致使悟空无志。没了取经人，纵有天大的本事，又如何能成功？但是最终悟空从困难中走出来了，这就是小说对读者的启发。同时，我们也能看出小说中的诗文很多时候是人物复杂多变的精神世界和心路历程的重要载体。

佛祖亲征

满天缥缈瑞云分，我佛慈悲降法门。
明示开天生物理[1]，细言辟地化身文。
面前五百阿罗汉，脑后三千揭谛神。
迦叶阿傩随左右，普文菩萨殄[2]妖氛。

赏析

在狮驼岭狮驼洞以及随后的狮驼国，孙悟空受到了前所未有的考验，不仅自己差点丢了性命，还一而再、再而三地上了三魔王大鹏怪的当，导致全体取经团队在狮驼国被抓。孙悟空虽然先是制服了大魔王青狮怪，又与八戒一起打败了二魔王白象怪，其后再施展本领使师徒四人避免死在狮驼洞的蒸笼之中。但他并没能救出师父，还第四次被大鹏怪欺骗，误以为唐僧已被妖魔吃掉。对取经之旅彻底绝望的孙悟空，一路哭着来到了如来佛祖面前，请求佛祖念松箍咒脱下自己脑袋上的紧箍，以便返回花果山。令悟空万万没有想到的是，佛祖竟然告诉他，这三个魔王全都出自佛门。大魔王青狮怪、二魔王白象怪分别是文殊、普贤菩萨所驯猛兽。三魔王大鹏怪的来历更为复杂，他与曾经吞噬如来佛祖的恶孔雀同为凤凰之母所生。如来在恶孔雀腹中设法剖开其脊背，又获新生，跨上了灵山。此后，如来悟出了"伤孔雀如伤我母"的道理，将孔雀视为自己的重生之母，封了那只吞他的恶孔雀"做佛母孔雀大明王菩萨"。因而如来佛祖应当称这个大鹏怪为舅舅。

如来佛祖对待恶的态度是驾驭，而不是消灭。善与恶的对峙，往往是恶强善弱、恶易善难。消灭了此恶，很快就会滋生彼恶。只有改造恶、驾驭恶，才有可能从根本上化解恶、杜绝恶。如果佛祖与菩萨连恶都驾驭不了，那又何以证明善的力量？何以持续为善？人们常说"邪不压正"，但实际的情况是，肆无忌惮地作恶是很难被遏制的。要是如来没有驾驭恶的本领，那他早就被恶孔雀吞蚀殆尽，哪有如来佛祖这一说？要是佛祖与菩萨都奉行唯善主义，那么善是很难镇住恶的；善一旦被恶反制，他们可就连讲经、行善的机会都没有了。佛不畏惧恶，也不排斥恶，而是将恶视为利器，为我所用。佛祖与菩萨正是以这样的态度对待佛界妖魔的。

青狮、白象这两只神兽离开菩萨虽然只有七日，但正如佛祖所说："山中方七日，世上几千年。不知在那厢伤了多少生灵，快随我收他去。"本诗写的正是文殊菩萨、普贤菩萨跟随如来佛祖，将放养的猛兽驯服为坐骑的场景。

有意要夺取如来佛祖雷音宝刹的三魔王大鹏怪，虽然被如来施展的大法力困住，但他还是不愿皈依佛门。他对佛祖说："你那里持斋把素，极贫极苦；我这里吃人肉，受用无穷；你若饿坏了我，你有罪愆。"直到佛祖答应让自己的信众在供佛时"先祭汝口"，才使大鹏勉强皈依。可见，佛为了实现最终的善，也是需要利用恶，也要与恶反复较量、周旋。

第七十八回

岭梅将破玉

岭梅将破玉①，池水渐成冰。

红叶俱飘落，青松色更新。

淡云飞欲雪，枯草伏山平。

满目寒光迥②，阴阴透骨泠③。

赏 析

诗人以淡逸的笔墨勾画出一幅冬日山水风景图。诗句一开始就把读者带进一个寒冬将至冷意袭人的境界。"玉"是比喻梅花之白。作者没有静止地去表现冬梅绽放的场景，而是充分发挥语言艺术的特长，用一个"破"字，抓住梅花最富生机的开放的瞬间，给人以强大的艺术感染力，并且与下文的"渐成冰"形成呼应，动态展现了寒冬到来的过程，使得冬天的美丽就像一位缓缓拉开面纱的美女。颔联选用红叶、青松两个意象，从视觉角度进一步描绘了冬日的情味。这样前四句就有了白、红、绿三种颜色，交杂相错，让原本应该是寂寞萧瑟的冬景，变得色彩缤纷，多彩多姿。颈联由高到低，"飞""伏"对仗工整，且有化静为动的妙趣，其中虽不见风字，却仿若能听到风声飒飒。尾联"阴阴"叠用以情移境，用一个"泠"字，寄兴高远，画龙点睛，一幅冬景从此脱出。后四句使画面由先前的明朗、清丽一变而成萧瑟、寂寥，含蓄深婉。

此诗虽然是西行路上"早值冬天"的应景之作，却也写尽冬意，让人耳目一新，是寓情于景、景中见情的佳作。

唐僧怒斥比丘王

邪主无知失正真，贪欢不省暗伤身。
因求永寿戕①童命，为解天灾杀小民。
僧发慈悲难割舍，官言利害不堪闻。
灯前洒泪长吁叹，痛倒参禅向佛人。

注 释

①戕：残害。

赏 析

唐僧西天取经途经比丘国，见到城中家家户户都在门前放置鹅笼，很是好奇，就让悟空前去打探。原来在三年前，一位老道向比丘国君王献上一位绝色美女，使得国王因过于贪欢而身染重疾。那老道（后为国丈）声称自己有海外秘方可以医治国王，但需要一千多个男童的心肝作为药引。那些人家门口所放的鹅笼内，就藏着预备作为国王药引的男童。唐僧一听，惊恐万分，悲愤不已。这首诗就是描写唐僧当时的心情。

本诗将以牺牲众多儿童的生命，来换取自己延年益寿的国王称为"邪主"，指责他好色贪欢、欲望无度、自私残忍。受妖魔蛊惑的君王，其实就是魔王。因为妖魔为了博得帝王的欢心，总是投其所好、顺势而为。这首诗总体上是采取且叙且议的手法。诗的前四句，以严厉谴责的口吻叙述了事情的来龙去脉。后四句描写唐僧听闻此事时的情状，他大惊失色，声泪俱下，痛心疾首，强烈声讨。

第七十九回

清华仙府

烟霞幌①亮，日月偷明。白云常出洞，翠藓乱漫庭。一径奇花争艳丽，遍阶瑶草斗芳荣。温暖气，景常春，浑如阆苑②，不亚蓬瀛。滑凳③攀长蔓，平桥挂乱藤。蜂衔红蕊来岩窟，蝶戏幽兰过石屏。

注释

①幌：摇晃。
②阆苑（làng yuàn）：泛指神仙居住的地方，有时也代指帝王宫苑。
③滑凳：光滑的凳子。

赏析

"烟霞"是烟雾、霞光的缩略，在诗歌中，烟霞从来都是可恋的景物，是洞天福地中必然的存在。"烟霞幌亮"一句为清华仙府营造出一种清雅出尘的意境。"日月偷明"用一个"偷"字，则为了照应情节上的神奇，因为周围"只见一股清溪，两边夹岸，岸上有千千万万的杨柳，更不知清华庄在于何处"。而日月都能照耀到这里，也写出了此地的神奇，所以有人说这是平行于师徒四人所在世界的另一个空间，也很有道理。白云因其缥缈流动、变幻莫测而成为神仙洞府的标志。诗人通过烟霞、日月、白云、翠藓等意象，写出了仙府清丽幽美的特点。下面归结为四时常春，如阆苑、蓬莱也就顺理成章。"蜂衔红蕊来岩窟，蝶戏幽兰过石屏"，不但增加了文章的动态美，还传达出淡泊无争、超然物外的人生智慧。更奇妙的是它的打开方式：大圣依绕树根，左转三转，右转三转，双手齐扑其树，连叫三声"开门"，就看见清华洞府了。

第八十回

镇海禅林寺

多年古刹没人修，狼狈凋零倒更休。

猛风吹裂伽蓝①面，大雨浇残佛像头。

金刚跌损随淋洒，土地无房夜不收。

更有两般堪叹处，铜钟着地没悬楼。

①伽蓝：原意为僧众所居之园林，通常用以称僧侣所居住的寺院、堂舍。此处是指佛教寺院中的护法神。佛说有美音、梵音、天鼓、叹妙、叹美、摩妙、雷音、师子、妙叹、梵响、人音、佛奴、颂德、广目、妙眼、彻听、彻视、遍视这十八神保护伽蓝。

赏 析

　　唐僧和徒弟们离开比丘国继续西去，在路上遇见伪装成落难女子的金鼻白毛老鼠精。孙悟空看出其身上的妖邪之气，力劝唐僧不要出手相救。可是唐僧执迷不悟，非要让猪八戒去解救这位假冒的落难女子，与取经团队同行。走到天色将晚，大家见到了这首诗所描写的镇海禅林寺。

　　本诗直白平实、简单明了，将一座庙宇的破败凋敝景象，完整地呈现在读者面前。看了这首诗，人们会误以为镇海禅林寺是一座无人居住的荒废古寺。其实这座寺庙一直有人居住，看门的是道士，主事的是喇嘛僧。其后的叙述性文字，揭示这座寺庙凋败的原因：心不向佛，耽于淫欲。金鼻白毛老鼠精在庙里肆意诱僧，短短三天时间，就有六位和尚因贪恋女色而丧命。禅心与诱惑，戒条与色欲，偏偏都是后者在这座庙里大行其道。寺院的残破景象，完全是由于寺内僧人心中无佛造成的。老鼠精还将在寺中养病的"救命"恩人唐僧掳走，逼迫成亲。由于唐僧心中有佛，因而能够屡屡战胜色诱。

第八十一回

黑雾遮天暗

黑雾遮天暗，愁云照地昏。四方如泼墨，一派靛妆浑。先刮时扬尘播土，次后来倒树摧林。扬尘播土星光现，倒树摧林月色昏。只刮得嫦娥紧抱梭罗树，玉兔团团找药盆。九曜①星官皆闭户，四海龙王尽掩门。庙里城隍觅小鬼，空中仙子怎腾云？地府阎罗寻马面，判官乱跑赶头巾。刮动昆仑顶上石，卷得江湖波浪混。

注释

①九曜（yào）：一指北斗七星及其辅佐二星；一说日、月、火、水、木、金、土合称七曜，再加上"罗喉""计都"。

赏析

《西游记》中不同人物的出现，都伴随着不同的风声，小说中的风声有着先声夺人的艺术力量。很多人物出场，只要嗅嗅那如影相随的"风"，就大体能分清仙、佛、神、圣、妖、怪、魔；有多大名头，有几分能耐，就有什么样的风势相随。

这首诗前四句开门见山，避开无形无色、难以捉摸的风声，通过描写风吹时自然景物的变化，亦真亦幻，体现了这阵风声势惊人的特点，极富表现力。"先刮时""次后来"紧承前四句，层次清晰，写出了风由小到大的变化情况。接下来八句，从八个角度进行侧面烘托，以夸张的手法，以实写虚，不仅能耳闻，而且可以目睹，着眼于效果，极力铺排，四句一个场景，稍作转折，从天上到海里，再到地下的神仙，联翩而至，都被风吹得失去了分寸，想象瑰丽，令人目不暇接。古人常用"昆冈片玉"来形容世上罕有的珍奇，诗中描写的风能"刮动昆仑顶上石"更是让读者连声叹息。而"那风才然过处，猛闻得兰香熏，环现声响"，一位佳人走上佛殿，这种迅疾的转换更凸显了老鼠精的妖气。

猴鼠斗

阴风从地起，残月荡微光。阒①静梵王宇，阑珊②小鬼廊。后园里一片战争场，孙大士，天上圣，毛姹女③，女中王，赌赛神通未肯降。一个儿扭转芳心嗔黑秃，一个儿圆睁慧眼恨新妆。两手剑飞，那认得女菩萨；一根棍打，狠似个活金刚。响处金箍如电掣，霎时铁白耀星芒。玉楼抓翡翠，金殿碎鸳鸯。猿啼巴月小，雁叫楚天长。十八尊罗汉，暗暗喝采；三十二诸天，个个慌张。

注释

①阒（qù）：形容寂静。
②阑珊：灯火将尽。
③姹女：少女，美女。

赏析

这是孙悟空在镇海禅林寺后花园和金鼻白毛老鼠精的"一场好杀"。金鼻白毛老鼠精，有三百年道行，因在灵山偷吃香花宝烛，改名半截观音，后被李天王哪吒父子拿住，饶了不死，因此拜李天王为父，哪吒为兄，下界后改名为地涌夫人。

"阴风""残月"渲染阴森恐怖的氛围，接着交代打斗的地点，也进一步描写了环境的寂静和光线的昏暗，确实是各显神通的好地方、妙时间。"后花园里一片战争场"，说书人角色鲜明，总起下文。打斗双方一个是天上的孙大圣，一个是美女王中王，都自恃本领高强，谁也不肯轻易服输。接下来的两句是在传统诗词里面很少见到的两处心理描写：美女心意转换恨猴子坏人姻缘，猴子怒目圆睁恨美女妆容娇艳，阻碍唐僧去西天取经。后面十四句，前六句从正面描写打斗场面，后面八句从侧面描写打斗场面。"两手剑飞，那认得女菩萨；一根棍打，狠似个活金刚"，对仗工整；"响处金箍如电掣，霎时铁白耀星芒"，比喻贴切。当然，最精彩的还是"猿啼巴月小，雁叫楚天长"，这两句从侧面描写出打斗场面的紧张激烈，给读者留下了思索回味的广阔空间。结尾四句呼应开头"阒静梵王宇，阑珊小鬼廊"两处，首尾圆合，形成一个有机的整体。

第八十二回

老鼠精

发盘云髻似堆鸦，身着绿绒花比甲。
一对金莲刚半折，十指如同春笋发。
团团粉面若银盆，朱唇一似樱桃滑。
端端正正美人姿，月里嫦娥还喜恰①。
今朝拿住取经僧，便要欢娱同枕榻。

注释

①喜恰：亦称"喜洽"，和悦可爱的意思。

赏析

　　本诗写的是一位诱僧高手——金鼻白毛老鼠精。老鼠精来到下界之后，不再像以前那样为了满足食欲而偷食佛烛，而是为了满足性欲去色诱僧人。她在黑松林变身落难民女，跟随唐僧师徒一起来到镇海禅林寺。因为唐僧染上风寒，不得已在寺中修养了三天，白鼠精就趁此机会色诱并杀死寺内六个和尚。孙悟空几次设计意欲除掉白鼠精，最后反倒中了白鼠精的"遗鞋计"，使得师父唐僧被抓。在八戒探明女妖要和唐僧晚间成亲后，孙悟空急忙赶到无底洞，变作苍蝇接近女妖，见到了比在黑松林更加俊俏的地涌夫人。

　　诗的第一至第六句，详细描写地涌夫人的发型、衣着、手脚、面庞、嘴唇，随后在第七、第八句总结道，这可是一位赛过嫦娥的美女啊！诗的最后两句，交代了地涌夫人捉拿唐僧的目的，就是为了与他"欢娱同枕榻",采其元阳来成就自己成为太乙金仙。老鼠精这个人物,真可谓是食色二欲尽占。如来佛祖专门吩咐要留下这位妖精,应该是为了考验更多僧人对佛的忠诚度,以便在优胜劣汰的法则中,选拔虔诚的信徒、真正的僧人。

唐僧为了逃离女妖的纠缠,在悟空的授意下,假意与那女子亲近,亲手将悟空寻机变成的一只红色桃子递给地涌夫人,让她吃下。孙悟空得以钻入女妖腹中,迫使其放唐僧离开无底洞。但地涌夫人本领极强,悟空、八戒、沙僧一起联手,还是没能将她打败。唐僧再次被她抓进洞中。最后还是因孙悟空发现了白鼠精供奉的李天王和哪吒的牌位,一纸诉状将李天王父子告上天庭,这才使他父子来到下界收服白鼠精,救出了唐僧。其实托塔李天王和哪吒三太子曾经都是孙悟空的手下败将,看来被压在五行山下五百年,真使悟空的功力大打折扣。

鼠精恋情

夙世前缘系赤绳,鱼水相和两意浓。
不料鸳鸯今拆散,何期鸾凤又西东!
蓝桥①水涨难成事,佛庙烟沉嘉会空。
着意一场今又别,何年与你再相逢?

赏 析

唐僧被本相为金鼻白毛老鼠精的地涌夫人抓到陷空山无底洞逼迫成亲,孙悟空设计让唐僧用虚情假意迷惑女妖,自己则变成一枚鲜红的桃子,趁机钻进其腹内上蹿下跳。刚刚还沉浸在浓情蜜意里的地涌夫人大吃一惊,她抱住唐僧诉说衷肠,想以柔情感化唐僧,让他改变主意。这首诗就是地涌夫人对唐僧的情感告白。

诗中的"蓝桥水涨""佛庙烟沉"是两个与爱情相关的传说。"蓝桥水涨"是《庄子》中记载过的一个哀怨凄婉的爱情故事。说的是一个叫尾生的男子，在约定的桥下痴痴地等候心爱的姑娘，却等来了一场不期而至的大水。这个痴情的汉子为了不失约，仍旧坚守不离，最后竟然抱着桥柱溺亡。据说，那座桥就叫蓝桥。"佛庙烟沉"典出"火烧袄庙"。说的是蜀帝的公主，自幼被幽禁在宫中十余年，陪伴她的是自己的乳母陈氏及其儿子。随着公主幽禁生活的结束，少年陈生也就离开了宫廷。在分别之后的六年中，陈生对公主的思念越来越浓烈，以至于得了相思病。公主得知这个情况后，就打算在袄庙私会陈生。但是当公主来到袄庙，见到的却是沉睡中的陈生。公主将他俩幼儿时一起玩耍的玉环放在陈生的怀里，就不无遗憾地离开了。陈生醒来之后懊恼不已，最终导致"怒气成火而庙焚也"。

这首诗表现了食色二欲都相当旺盛的老鼠精，也有真情实感的一面。爱与欲、情与色，在妖精身上也是很难分辨清楚的。整部《西游记》中，在企图与唐僧成亲的蝎子精、杏仙、老鼠精、玉兔精等几个女妖身上，都是欲中有爱、色中有情，使得唐僧注定需要众徒弟鼎力相救，方能全身而退。

第八十四回

熏风梅雨时

冉冉^①绿阴密，风轻燕引雏。
新荷翻沼面，修竹渐扶苏^②。
芳草连天碧，山花遍地铺。
溪边蒲插剑，榴火^③壮行图。

注 释

①冉冉：慢慢地样子或柔软下
　垂的样子。
②扶苏：枝叶繁茂，疏密有致。
③榴火：像石榴花一样火红的
　颜色。

赏 析

"冉冉"一是描写枝条柔软低垂的样子；二是照应下文的"渐"字。又因为绿荫渐浓，修竹渐密的变化，都难以用肉眼看出，这里作者化静为动，加上后面燕引雏鸟、新荷出水、芳草连天、山花遍地、溪边蒲剑、榴火壮行，用八个意象组合，近似之中求变化，给读者展开一幅生动、清新、明快的熏风梅雨时节热闹繁盛的风景画，诗中洋溢着盎然的生机。"新荷翻沼面"用一个"翻"字，把绿荷出水、水面清圆的景象描绘得如在眼前。"芳草连天碧"中的"碧"字，为了和下文的"铺"字对仗工整，这里一定要使词性发生变化，以形容词作动词用，类似于"红杏枝头春意闹"中的"闹"字，写尽了碧草无边的葱茏。"溪边蒲插剑，榴火壮行图"两句把"路在脚下"的豪情写得飞扬激荡。

全诗四十字，浅易如话，素朴率真，通俗凝练，犹如一支画笔，把这些新生的、充满活力的景物渲染得有声有色，把整个世界涂抹得苍翠欲滴，别有一番情趣。这首诗如同秦观《三月晦日偶题》中的"节物相催各自新，痴心儿女挽留春。芳菲歇去何须恨，夏木阴阴正可人"一样，表现了对节物转换所持有的豁达，可谓事趣、意趣、理趣兼备。

法王灭法法无穷

法王灭法法无穷，法贯乾坤大道通。
万法原因归一体，三乘妙相①本来同。
钻开玉柜明消息，布散金毫破蔽蒙。
管取法王成正果，不生不灭去来空。

赏 析

灭法国是唐僧一行在陷空山摆脱老鼠精纠缠之后经过的一个国家。这个国家的国王，因为两年前曾经有佛僧用语言攻击过自己，就许愿要杀一万个和尚。唐僧师徒到达的时候，灭法国已经杀了九千九百九十六个无名和尚，只等再杀四个有名的和尚凑成一万。为了避免惹祸上身，孙悟空变成飞蛾来到一家客店，拿走了店里客人的衣服，让师徒四人伪装成贩马的生意人后再去住店。晚上，他们怕自己的和尚头被人发现，只好躲在大木柜里睡觉。店里的伙计听信了悟空对八戒的戏言，误以为他们带了很多银两，就伙同盗贼，将大木柜连人带物一起偷走，但在出城门的时候被官兵发现。官兵集结队伍赶走贼人，抬回大柜，贴上封条，打算天明启奏国王，将柜中之人吓得不轻。悟空赶紧连夜变出许多手拿剃刀的小悟空，分头到皇宫内院、五府六部、各衙门里剃头。一夜之间，灭法国从国王、大臣，到妃嫔、下人，全部变成了和尚头。第八十四回

"难灭伽持圆大觉，法王成正体天然"中的这首诗，讲述的正是此事。

诗中有许多佛教术语。其中第三句的佛教术语"万法"又称"诸法"，泛指宇宙间一切事物。第四句中的佛教术语"三乘"，用以比喻运载众生渡生死苦海至涅槃彼岸的三种法门。即声闻乘、缘觉乘、菩萨乘。"法王灭法法无穷"句中的"法王"是指灭法国国王；"管取法王成正果"句中的"法王"是对佛的尊称。所谓"不生不灭"，是形容涅槃的常用词，相对于"生灭"而言。如《般若心经》云："诸法空相，不生不灭，不垢不净，不增不减。"意为世间一切存在，其"无实体"的特性（法性），即不生不灭。诗的最后两句，是对取经团队经历了七十一难以来的小结，再次表明对西天取经可以终成正果的坚定信心。

第八十五回

乌巢禅师颂子

佛在灵山莫远求，灵山只在汝①心头。
人人有个灵山塔，好向灵山塔下修②。

注 释

①汝：你。
②修：虔诚地用行动来践行教义。

赏析

　　这首被悟空称为"颂子"的参禅诗出现在第八十五回。当时唐僧师徒离开金鼻白毛老鼠精的陷空山，即将进入艾叶花皮豹子精控制的隐雾山。关于这首诗，唐僧与悟空都有自己的解读。唐僧的理解是："若依此四句，千经万典，也只是修心。"悟空的解读是："心净孤明独照，心存万境皆清。差错些儿成惰懈，千年万载不成功。但要一片志诚，雷音只在眼下。"千辛万苦、跋山涉水、出生入死的西天取经征程，是一场不折不扣的远求，途中所经历的每一劫、每一难、每一个重要瞬间，都是对佛心的修炼。心中有佛，求取真经与修炼心性自然可以相得益彰；心中无佛，即便有千卷真经在手，也毫无用处。唐僧西天取经要去的灵山，不仅路途遥远，还需经历九九八十一难，一般人根本不可能到达。但这并不妨碍人们对佛的追寻，因为只要心存善念、坚持信仰，每个人的心中都可以有一座"灵山"。取经团队每一位成员的心中，都有一个属于他们自己的"灵山塔"。唐僧的虔诚，悟空的自主，八戒的食色，沙僧的忠诚，都在西天取经的途中或提升，或控制，或收敛，或坚定，大家在取得佛祖真经的同时，也各自取到了属于自己的真经。

所谓颂子，就是佛经中的唱颂词。这首诗体现了佛教的心性观，特别是禅宗的心性观。禅心悟性，是佛道两家相互借鉴、相互吸收的结果，是外来佛教在中国本土化的标志之一。

八戒隐雾山自述

巨口獠牙神力大，玉皇升我天蓬帅。
掌管天河八万兵，天宫快乐多自在。
只因酒醉戏宫娥，那时就把英雄卖。
一嘴拱倒斗牛宫，吃了王母灵芝菜。
玉皇亲打二千锤，把吾贬下三天界。
教吾立志养元神，下方却又为妖怪。
正在高庄喜结亲，命低撞着孙兄在。
金箍棒下受他降，低头才把沙门①拜。
背马挑包做夯②工，前生少了唐僧债。
铁脚天蓬本姓猪，法名改作猪八戒。

注 释

①沙门：梵语的西域方言音译，有勤劳、辛劳、勤恳、静志、息心、勤息、修道等意思，即勤修佛道、息诸烦恼之意，为出家修道者的通称。
②夯：表示劳动时需要出大气力。

赏 析

唐僧师徒一路边走边聊，不知不觉来到了隐雾山。猪八戒经不住美食的诱惑，中了孙悟空让他前去试探艾叶花皮豹子精南山大王虚实的计策，高高兴兴前去化斋，一下走进了南山大王的包围圈，他用这首诗向南山大王作了自我介绍。

本诗大意：别看我长得巨口獠牙其貌不扬，可我却是玉帝亲自任命的天蓬元帅，在天界掌管着银河八万水兵。我力大无穷，统率一方，自在快活，得意忘形，醉酒之后调戏嫦娥，却被她大吵大闹惊动了玉帝。为了躲避玉皇大帝派来的天兵，我急得在天宫乱窜，最后像猪一样用嘴拱倒了南斗星宫和牵牛星宫，还吃了王母娘娘的灵芝菜。气得玉帝亲自打我两千锤，还将我逐出天庭贬到下界，让我反思过错、修身养性、重新立志。没有想到我到了凡间却投胎成了猪妖怪。那天正当我在高老庄要与娘子亲热的时候，撞见了师兄孙悟空，他用金箍棒降服了我。像是命里注定的一般，从此我就成为特别劳累、勤恳辛苦的沙门修持者，为师父唐僧牵马匹、挑行李，干的全是出大气力的活。唉，想必是我的前世欠了唐僧的债吧。我天蓬元帅本姓猪，观音菩萨给我取的法名是猪悟能，师父唐僧又为我起了别号"猪八戒"。

本诗最有意思的诗句："一嘴拱倒斗牛宫，吃了王母灵芝菜。"透露出的信息可以看出，天蓬元帅的本相就是一头好吃、好色的猪。从诗中可以看出，玉皇大帝将天蓬元帅"贬下三天界"，是为了让他"立志养元神"，可他与所有被天庭贬到下界的受罚者一样，变成妖怪，完全违背了玉皇大帝重罚罪人的初衷。这些上界的罪人原本就拥有神力，来到下界基本无人能敌，再加上突然失去了管束，自然会成为肆无忌惮、祸害一方的妖怪。玉皇大帝如此这般，要么是揣着明白装糊涂，要么就是太昏庸、太天真、太不负责任。

在猪八戒与南山大王的打斗中，因为有孙悟空助阵，八戒竟然得胜而归。

第八十六回

悟空隐雾山自述

祖居东胜大神洲，天地包含几万秋。
花果山头仙石卵，卵开产化我根苗。
生来不比凡胎类，圣体原从日月侔①。
本性自修非小可，天姿颖悟大丹头。
官封大圣居云府，倚势行凶斗斗牛。
十万神兵难近我，满天星宿易为收。
名扬宇宙方方晓，智贯乾坤处处留。
今幸皈依从释教，扶持长老向西游。
逢山开路无人阻，遇水支桥有怪愁。
林内施威擒虎豹，崖前复手捉貔貅②。
东方果正来西域，那个妖邪敢出头！
孽畜伤师真可恨，管教时下命将休！

注 释

①侔：伴侣。
②貔貅：古书上说的一种猛兽。

赏 析

　　在灭法国和天竺国外郡凤仙郡之间的隐雾山，孙悟空中了豹子精南山大王的"分瓣梅花计"，还误以为唐僧已经被妖精吃掉，并取回了所谓唐僧的头颅。掩埋好"师父的头颅"之后，孙悟空让沙僧看守庐墓、行李、马匹，自己和八戒一起去折岳连环洞找南山大王报仇。他们打破妖精老巢的洞门，逼出了南山大王。这首诗是孙悟空对准备迎战的南山大王所作的自我介绍。

本诗大意：俺老孙可不是凡胎俗类，是由一粒汲取了天地所有精华的仙石卵，经过千万年的孕育产化而来。神圣的肉体，与日月同类同辈；再加上我天资聪颖、悟性超群，求仙问道，自我修行，很早就被玉皇大帝封为齐天大圣去了天宫。我曾经在天庭与众天神比武斗狠，十万天兵根本就近不了我的身。大闹天宫的壮举使我名扬乾坤、声震宇宙。在天界，谁人不知俺老孙足智多谋、无敌天下。如今，我皈依佛门，护佑唐僧西天取经；一路上为他逢山开路、遇水架桥、除妖降魔、擒拿野兽，扫清了障碍。东土大唐的御弟圣僧来到了西域，哪个妖邪敢出头阻拦？你这个该死的畜生竟敢抓走我的师父，我马上就让你小命休矣！

按照孙悟空当时的心境，他应当对这个杀死自己师父的妖魔格外痛恨，况且他还亲眼看到了"师父的头颅"。相对于孙悟空的报仇心切，这首诗显得相当平铺直叙，既没有表现出师徒情深、丧师之痛，也毫无仇人相见分外眼红的愤慨。

樵夫之家

石径重漫苔藓，柴门篷络藤花。
四面山光连接，一林鸟雀喧哗。
密密松篁交翠，纷纷异卉奇葩①。
地僻云深之处，竹篱茅舍人家。

赏析

樵夫是《西游记》中多次出现的人物。灵台方寸山的樵夫为美猴王指明了寻找祖师的方向；长安城外的樵夫李定，表明了隐士的生活状况与生活态度；在平顶山，太白金星李长庚化身樵夫，向唐僧等人报信；过火焰山时，孙悟空也是向一位樵夫打听到了去翠云山找铁扇公主的近道。第八十六回中的这位樵夫除了有富于诗意的住所，生活中的诗意几近无存。他和老母亲生活艰难，为了谋生，不幸被妖精抓到隐雾山折岳连环洞中，差点儿被妖精吃掉。为了感谢唐僧师徒的救命之恩，邀请他们去家中做客，用野菜做了一桌素食斋饭款待大家。这首诗写的就是隐雾山樵夫的家。

一条石头铺成的小路上，长满了绿色的苔藓；用柴木做成的简陋院门上，缠绕着绽开黄花的常春藤。这里青山环绕，植物茂密，鸟鸣雀啼，婉转悠扬。松树的绿与翠竹的绿深浅不一，使山色显得层次丰富。难得一见的异卉奇葩，在山中争相斗艳。这间坐落在偏僻山区云深之处的茅草屋，就是这位隐雾山樵夫的家。

本诗由近而远，先写石径小路上生长的苔藓、柴门栅栏上攀缘的藤花，说明通往樵夫家的这条山路极少有人行走，院门极少有人开启。接下来，诗句引导读者极目四眺，感受一下周边的环境。"四面"对应"一林"，有点有面，有静有动，有声有色，有远有近。远景，"四面山光连接"，可以听到鸟雀婉转的鸣叫；中景，"密密松篁交翠"，松与竹深浅不一的翠绿，使山峦显得极有层次；近景，"纷纷异卉奇葩"，平常见不着的奇异花卉，在大山深处竞相绽放。诗的最后，诗句由"地僻云深之处"的远景，迅速切换到"竹篱茅舍人家"的近景，俨然是一幅意境幽深的中国山水画，使人恍惚忘记，就在这远景近景的转换之间，竟然隐藏了这户山中人家母与子只差一步的生死永诀。

《西游记》中形形色色的樵夫形象，反映了作者对山居隐士的复杂态度。

第八十七回

凤仙郡旱灾

敝地大邦天竺国，凤仙外郡吾司牧^①。
一连三载遇干荒，草子不生绝五谷。
大小人家买卖难，十门九户俱啼哭。
三停饿死二停人，一停还似风中烛^②。
下官出榜遍求贤，幸遇真僧来我国。
若施寸雨济黎民，愿奉千金酬厚德！

注 释

①司牧：管理。
②风中烛：随时可能
死亡。

赏 析

　　唐僧一行来到天竺国的凤仙郡，得知这里已经连旱三年，滴雨未落。这里一斗粟米值百金，一捆柴火价五两，十岁的女孩可以换米三升，五岁的男孩随人带走，甚至还出现人吃人的现象。看到如此民不聊生的惨状，唐僧赶紧让孙悟空祈雨，解救灾民。凤仙郡郡侯闻讯赶来，跪谢并款待唐僧师徒。这首诗就是郡侯回答唐三藏关于此地连年干旱的提问。

　　这首诗详尽描述了灾民的悲惨生活。"三停饿死二停人"，"十门九户俱啼哭",使人不禁联想起乌鸡国的三年大旱,也一定出现过与之相同的人间地狱。这两次连年干旱,都是因为地方统治者无意中得罪了文殊菩萨及玉皇大帝所致。文殊菩萨变身凡僧,故意在化斋的过程中为难乌鸡国国王。不知就里的国王一怒之下命人将菩萨捆住,在御水河中浸了三日三夜。凤仙郡郡侯则是因为和妻子吵架,不小心打翻了供奉玉帝的素斋。余怒之下,他又唤狗来吃了落在地上的供品。不幸的是,这一切恰巧被来下界巡视的玉皇大帝看个正着。一个是文殊菩萨因为斋供为难国王,一个是玉皇大帝因为供奉不敬惩罚郡侯,可最终遭罪的却是穷苦百姓。正如凤仙郡祈雨求贤榜上所说的那样:"富室聊以全生,穷民难以活命。"

佛祖和玉帝为了维护自己的尊严,不惜制造一个又一个人间地狱。如果不是唐僧一行途经此地,孙悟空探明实情出手救助,灾难还将继续进行下去。其实佛与道都是没有多少公平可言的,普通人只能对其敬拜、供奉、追随、服从。孙悟空最后也是通过让凤仙郡全郡民众信佛,才从玉皇大帝那里求到了雨水,并让"郡界中人家,供养高真,遇时节醮谢",以期今后风调雨顺。如若哪天这些地方的统治者又不小心得罪了神佛,残忍的惩罚又要最先落在无辜百姓的头上了。

人心生一念

人心生一念,天地①悉皆知。
善恶若无报,乾坤②必有私。

注释

①天地:指天地神灵,也指自然界或社会。
②乾坤:同天地。

赏析

　　这首小诗体现的是中国古代最淳朴的道德自律精神。在中国传统文化中，天地可以说是至高无上的神明，是根植于每个人内心的教人积极向善的约束力，是驱散心智愚暗、点燃智慧明灯的火种。善恶的念头对人生是有影响的，如果没有影响，那么天地乾坤也就有私心了，但在古人认知里，天地是无私的，所以他们认为善恶念头对人生的影响一定是真实的。一个人在内心种下德行，心念就会改变；心念变了，德行就变了；德行变了，行为就变了；行为变了，命运也就变了。这也就是播种一种心态，收获一种命运。所以，改变命运真正靠的是内心的力量。

　　唐僧师徒四人路经凤仙郡，因郡侯冒犯上天，玉帝立有三事，破解灾难的方法就是回心向善："人有善念，天必从之，庶几可以回天心，解灾难也。"而悟空"与他求一场甘雨，以济民瘼，此乃万善之事"，也证明行善是摒弃心魔的一种修行。

凤仙郡降雨

　　漠漠浓云，蒙蒙黑雾。雷车轰轰，闪电灼灼①。滚滚狂风，淙淙②骤雨。所谓一念回天，万民满望。全亏大圣施元运③，万里江山处处阴。好雨倾河倒海，蔽野迷空。檐前垂瀑布，窗外响玲珑。万户千门人念佛，六街三市水流洪。东西河道条条满，南北溪湾处处通。槁苗得润，枯木回生。田畴④麻麦盛，村堡豆粮升⑤。客旅喜通贩卖，农夫爱尔耘耕。从今黍稷多条畅⑥，自然稼穑⑦得丰登。风调雨顺民安乐，海晏河清享太平。

注释

①灼灼：光亮耀眼。

②淙淙：流水发出的声音。

③元运：天运，天命。

④畴（chóu）：田地。

⑤升：谷物成熟。

⑥条畅：茂盛，兴盛。

⑦稼穑（jià sè）：种植与收割，泛指农业劳动。

赏析

结合前后文情节仔细读来，这首诗就是一曲神仙降雨的交响乐，它是中国古代神话中比较集中描写神仙降雨过程的一段文字。读完这首诗，你能看到在中国古人心中天上的雨是怎样降下来的。读这首诗，仿佛看到了一场以"雨"为主题的盛大交响音乐会。雨部、雷部、云部、风部的各个演奏家倾心演出，场面宏大，令人逸兴遄飞。

"漠漠浓云，蒙蒙黑雾"，这是玉面金冠的云童在布云；"雷车轰轰"，这是钩嘴威颜的邓、辛、张、陶等雷将在声雷；"闪电灼灼"是闪电娘子在打闪；"滚滚狂风"，这是燥眉圆眼的风伯在吹风；"骤雨"，这是银须苍貌的龙王在降雨。"所谓一念回天，万民满望。全亏大圣施元运，万里江山处处阴。"这四句点明故事情节，说明了悟空能求来雨的原因，那就是"心存善念，天必从之"。接下来八句，描写了下雨时的情形，尤其是"檐前垂瀑布，窗外响玲珑"用比喻手法，既写出了人心的喜悦，也写出了雨势的磅礴，还写出了大雨激越的声音，有声有色，有情有景。再往下十句，展望了雨后万物复苏，百废待兴，风调雨顺，天下太平的景象。整首诗层次清楚，铺排有序，字里行间也带有一定的声律之美。

第八十八回

水痕收

水痕收，山骨瘦。红叶纷飞，黄花时候。霜晴^①觉夜长，月白穿窗透。家家烟火夕阳多，处处湖光寒水溜。白蘋香，红蓼茂。橘绿橙黄，柳衰谷秀^②。荒村雁落碎芦花，野店鸡声收菽^③豆。

注释

①霜晴：霜后的晴天。
②谷秀：庄稼抽穗或结实。
③菽：豆的总称。

赏析

前两句诗人用一个"骨"字，把山人格化，气势跃然纸上，呈现万千气象。"瘦"是"清瘦"之意，诗人用比拟手法，写出了山的清瘦，画出山上草木凋零、山石嶙峋的画面，展现了萧瑟的暮秋景色，也写出了山的风骨和傲然。"红叶纷飞，黄花时候"一句，一高一低，一红一黄，一叶一花，互相映衬，勾画出西行路上的无限风光。"橘绿橙黄"一反古人写秋景气象衰败的常情，写出了深秋时节的丰硕景象，给人以昂扬之感。举目四望，到处是一片秋色，家家烟火在夕阳中飘荡。"野店鸡声收菽豆"的收束，让这幅图画因为这一笔而整体灵动起来，显现出一种动人的生机。

这首诗格调轻快，带给人丰收在望的喜悦，也给静无声的秋日增添了流动的生活气息。全诗动静结合，调动视觉、听觉、嗅觉和感官，将物产和风俗、人物活动融合在一起，组成一幅典型的丰收在望的风情画，透出浓郁的生活气息。质朴中蕴含着丰富隽永的诗情，婉约轻和，一幅世事清明的气象，既鲜明如画，又富有余思，写物真切，赋予日常劳动一种引人遐想的诗意美。

传授武艺扬佛威

真禅景象不凡同，大道缘由满太空。
金木①施威盈法界，刀圭②展转合圆通。
神兵精锐随时显，丹器花生到处崇。
天竺虽高还戒性，玉华王子总归中。

注释

①金木：孙悟空和猪八戒的别称。
②刀圭：沙僧的别称。

赏析

取经团队来到天竺国下郡玉华县，恰巧玉华王的三位王子热爱兵器武艺，大王子用齐眉棍，二王子抡九齿耙，三王子使乌油黑棒，正好与孙悟空、猪八戒、沙和尚使用的兵器相对应。于是悟空等人就为玉华王的三位王子，当众表演了一段武艺，分别展示自己与武器的神威。引得三位王子要向三位神僧拜师学艺，大王子学使金箍棒，二王子学抡九

齿耙，三王子学举降妖杖。在此之前，唐僧的三位徒弟还从未在众人面前表演过自己的武功。因为对他们来说，武功主要是用来实战与防身的，不可轻易卖弄。这次当众表演，果然给他们带来了灾祸。由于神僧的兵器太重，三位王子根本无法举起，悟空等就将自己的武器留下来给玉华王府工匠仿制。不想这三件兵器上的护体霞光，惊动了豹头山虎口洞中的黄毛狮子精。他见到这些兵器欣喜万分，一气将它们全部收走。

这首诗写的正是唐僧的三位徒弟当众展演功夫。悟空等人认为在玉华王府展示佛门僧人的神奇武功、向三位王子传授武艺，是一件可以做成圆满功果的善事，没想到却由此引发了一连串的祸事。这正应了道家鼻祖老子的那句"祸兮福之所倚，福兮祸之所伏"。

第八十九回

豹头山

龙脉①悠长，地形远大。尖峰挺挺插天高，陡涧沉沉流水紧。山前有瑶草②铺茵，山后有奇花布锦。乔松老柏，古树修篁③，出鸦山鹊乱飞鸣，野鹤野猿皆啸唳④。悬崖下，麋鹿双双；峭壁前，獾狐对对。一起一伏远来龙⑤，九曲九湾潜地脉⑥。埂⑦头相接玉华州，万古千秋兴胜处。

注释

①龙脉：山峦连绵起伏的好风光。
②瑶草：神话传说中的仙草。
③篁：泛指竹子。
④啸唳：野兽的叫声和鸟的鸣叫。
⑤来龙：指龙脉的来源，旧时堪舆家以山势为龙，称其起伏绵亘的姿态为龙脉。
⑥地脉：旧时堪舆家讲风水时描述的地形脉势。
⑦埂：高起的地方。

赏析

　　《西游记》中描写山川的诗歌是小说的重要组成部分，它们气势磅礴、虚实结合，使作品富有情趣和神韵，既体现了中国传统文学创作的审美特征，也对小说的结构布局及人物形象的塑造起到了很好的烘托作用。第一，把景物描写和古人对地理山川走势的堪舆理论结合在一起，天地之间的山川景物、草木虫鱼，均被作者组织成一个顺应自然之道的和谐的境界，构成作者心灵中的宇宙空间，给景物增添了许多神秘色彩。第二，移步换景，描写顺序灵活多变。这首诗从山前至山后，从山上到山下，从山石到水流，从松木到禽兽，对山水的描绘可谓面面俱到。第三，山水间的景物铺排详细，万象罗陈。第四，遣词炼句富有匠心，如诗中用插、流、飞、啸、伏、潜等一连串的动词来表现山势的高峻险奇，用"挺挺""沉沉""对对""双双"等叠词来表现山峰的高险，涧流的湍急，山中怪禽猛兽遍地、成双成对，写出了环境之恶劣，更为危险的还是这山水之中常常有妖魔鬼怪显形。这些描写表现出师徒一行取经路上的千辛万苦，突出了他们不畏艰难的可贵品质。

第九十回

玉华县除狮

缘因善庆遇神师，习武何期动怪狮。
扫荡^①群邪安社稷，皈依一体定边夷。
九灵数合元阳理，四面精通道果之。
授受心明遗万古^②，玉华永乐太平时。

赏析

　　唐僧师徒在天竺国外郡凤仙郡消除了那里连续三年的旱灾，又来到天竺国下郡玉华县，想继续宣传佛法无边，扩大功果。孙悟空、猪八戒、沙和尚分别收了玉华王的三个王子为徒，教他们学用金箍棒、九齿耙、降妖杖。怎奈神僧的兵器，凡人通常使不动，悟空等人只好将武器留在玉华王府让工匠仿制。夜里，三件神奇兵器发出的耀眼光芒，惊动了离城七十里地虎口洞中的黄毛狮子精，他用法力盗去了三件兵器。这就是本诗第一、二两句所蕴含的大致内容。

　　悟空、八戒、沙僧乔装打扮混入洞中夺回各自的兵器。败下阵来的黄毛狮子精只好逃到竹节山，向九曲盘桓洞中的九灵元圣求救。这九灵元圣又称九头狮子，本是太乙天尊的坐骑，他趁着看守自己的狮奴偷喝太上老君的轮回琼液沉醉之际，私逃凡间为妖三年。得知黄狮精被欺，九灵元圣就带领黄狮精等六头妖狮及众妖精进攻玉华城，抓走了唐僧、八戒、玉华王及三个王子。悟空虽然也打死了黄狮精，生擒了其余六头妖狮，但是终究没能敌过九灵元圣。在土地等众神的指点下，孙悟空来到上界天庭妙岩宫，请太乙天尊收回了自己的九头狮坐骑。接下来孙悟空又"扫荡群邪安社稷"，救出师父唐僧及师弟八戒、沙僧，送回玉华王父子，烧毁妖洞，杀死六狮。经过这次生死大营救，上自玉华王室，下到普通百姓，全部都对唐僧师徒崇拜有加，纷纷皈依佛门。

九灵元圣能够私逃下界，也是机缘巧合。孙悟空一直游走在道佛两界，畅通无阻。尽管太乙天尊知道悟空早已"弃道归佛，保唐僧西天取经"，还是应邀亲临下界，收回坐骑，助他一力。如果孙悟空不是"四面精通"、佛道双修，就未必能够请动太乙天尊出手相助了。

第九十一回

元宵节

锦绣场中唱彩莲，太平境内簇人烟。
灯明月皎元宵夜，雨顺风调大有①年。

注释

①大有：丰收。

赏析

　　唐僧一行来到天竺国外郡金平府，正赶上元宵佳节临近，他们听取慈云寺和尚的建议，就在借宿的寺内多留了两日。元宵节这一天，唐僧师徒与寺内多位僧人一起进城观灯。他们看见一轮圆月当空，六街三市的花灯全部点亮。"灯映月，增一倍光辉；月照灯，添十分灿烂。观不尽铁锁星桥，看不了灯花火树。雪花灯、梅花灯，春冰剪碎；绣屏灯、画屏灯，五彩攒成。核桃灯、荷花灯，灯楼高挂；青狮灯、白象灯，灯架高擎。虾儿灯、鳖儿灯，棚前高弄；羊儿灯、兔儿灯，檐下精神。鹰儿灯、凤儿灯，相连相并；虎儿灯、马儿灯，同走同行。仙鹤灯、白鹿灯，寿星骑坐；金鱼灯、长鲸灯，李白高乘。鳌山灯，神仙聚会；走马灯，武将交锋。万千家灯火楼台，十数里云烟世界。"观赏花灯、嬉戏玩耍的人群挨挨挤挤。"看那红妆楼上，倚着栏，隔着帘，并着肩，携着手，双双美女贪欢；绿水桥边，闹吵吵，锦簇簇，醉醺醺，笑呵呵，对对游人戏彩。满城中箫鼓喧哗，彻夜里笙歌不断。"人们在月圆的元宵之夜，点燃那么多盏明亮花灯，就是为了祈盼"雨顺风调大有年"。

可是就在这样一个万民欢腾的节日里，三个修炼多年的犀牛精辟寒大王、辟暑大王和辟尘大王，却趁机借佛敛财，每年都要化为三尊佛的形象，造成真佛现身的假象，将三盏各装五百斤酥合香油的金灯取走享用。这不仅败坏了佛的声誉，还使当地灯油大户每年都要为这三盏金灯花费五万余两银子。今年元宵节，三个妖怪又化身为佛，来取他们最为喜爱的酥合香油。见佛心切的唐僧，不顾悟空的警告，擅自跑到金灯桥上拜佛，结果被假扮为佛的犀牛精抓到了青龙山玄英洞。一个原本欢乐无比、祈求吉利的元宵节之夜，被三个犀牛精给彻底搅乱了。妖精会以佛的样貌示众，菩萨也会以普通僧人的形象出现，如何分辨真佛假佛，如何识别妖魔鬼怪，其实都是相当困难的事情。连唐三藏这个佛门高僧都无法分清真佛假佛，至于普通信众，就更容易上假佛的当了。具有火眼金睛的孙悟空其实是孤独的，因为他能够看穿并经常揭穿众人信以为真的假象，他所揭示的真相又是自以为是的人们不愿意接受的，所以他时常会被师父唐僧误解。

第九十二回

唐僧感怀

一别长安十数年，登山涉水苦熬煎。
幸来西域逢佳节，喜到金平遇上元。
不识灯中假佛像，概因命里有灾愆①。
贤徒追袭施威武，但愿英雄展大权。

注 释

①灾愆：指罪孽招致
的灾祸。

赏 析

　　唐僧在天竺国外郡金平府度过了一个终生难忘的元宵节，因为他被装扮成佛的三个犀牛精掳到附近的青龙山玄英洞中，随时都有生命危险。他又在黑暗的洞中独自回顾历程、品尝痛苦。类似的情形已经发生过无数回了，可是这个圣僧长老就是不长记性，一而再、再而三地犯同样的错误。而且他每次抒情哭诉，都恰巧会被赶来营救他的孙悟空听到。这种情节、情绪、情景的重复，是《西游记》的一个软肋。为了凑足九九八十一难，在主要人物形象、主要故事框架、主线情节走向固定的前提下，要想在情节、细节设置上有新意，的确是一件相当困难的事。尽管作者也在竭力避免雷同，但时常会力不从心。

在这首诗里，唐僧先用"一别长安十数年，登山涉水苦熬煎"两句，概括自己一路西行的艰难。余下六句，写的全是当下。"幸"与"喜"两个字，凸显唐僧在元宵节遇魔前后情绪上的反差。作为一个高僧，不能识别真佛假佛，却将其原因归结为"概因命里有灾愆"。其实，固执己见、自以为是、不善反思，才是唐僧屡屡被骗的根本原因。他每每吃了大亏，都会向大徒弟悟空表示，今后一定认真听取他的建议。虽然他渐渐有所改进，但"冰冻三尺非一日之寒"，在这个欢天喜地的元宵佳节里，他又犯老毛病了。最后，他唯有再次寄希望于"贤徒追袭施威武，但愿英雄展大权"。

孙悟空果真没有辜负师父的厚望，他在营救失利，八戒、沙僧被犀牛精辟寒大王、辟暑大王、辟尘大王抓住的情况下，连夜去天庭搬救兵。玉帝派二十八宿星中的四木禽星角木蛟、井木犴、奎木狼、斗木犴，将三个妖魔驱走西海。西海龙太子又率兵帮助悟空，捉住了妖魔。这次陆海空联合灭妖行动，既能使师父唐僧高看大徒弟孙悟空几眼，也给金平府百姓消除了妖邪灾祸。

第九十三回

西江月·起念断然有爱

起念断然有爱，留情必定生灾。灵明①何事辨三台②？
行满自归元海。

不论成仙成佛，须从个里安排。清清净净绝尘埃，果正
飞升上界。

赏析

这首《西江月》是第九十三回的篇首词。在《西游记》里，唐
僧历经数次婚礼，如与西梁女国女王、与琵琶洞的蝎子精、与老鼠
精地涌夫人等，都是他为了保命或为了顺利脱身所做的虚假表演，
唯独这一次与玉兔精假扮的天竺国公主举行婚礼，完全是为了营救
困在舍卫国孤布金寺中的天竺国真公主。

　　其实唐僧每回遇见美女，无论其是人是妖，他都心存爱怜。除了行夫妻之实以外，像什么夫妻之名、恩爱之情、亲昵之状，唐僧都可以满足对方。正如本词所说的那样，虽然他是"起念断然有爱"，但因为他懂得"留情必定生灾"的道理，所以每每遇到情色诱惑，都能在徒弟的帮助下，做到绝不"留情"。尤其是面对杏仙的色、西梁女王的情、蝎子精的欲、地涌夫人的情欲色交织，他都做到了全身而退。唐僧的情事，是一种有爱无情、有情无欲、有色无性的爱之残缺，但对于一个信仰坚定的和尚而言，情爱也只能如此了。

　　唐僧刚到天竺国都城时，并未刻意躲避假公主所设撞天婚招驸马的抛绣球活动，还饶有兴致地回忆起自己父母也是因抛绣球而结姻缘的陈年往事。原本就"欲招唐僧为偶""采取元阳真气"的假公主，果然将绣球抛给了唐僧。不知所措的唐僧采纳悟空"倚婚降怪"之计，帮助天竺国赶走了玉兔精，找回了真公主。

　　天竺国真公主的前世是月亮蟾宫中的素娥。这位受世人仰慕的仙人却思凡心切，来下界投胎为天竺国公主。假公主则是蟾宫中的玉兔，因为挨了素娥一掌，就寻机报复，将真公主弃于荒野，自己假合真形，冒充公主。她们都因为没能做到词中所说的"须从个里安排""清清净净绝尘埃"而受到惩罚。有意思的是，下界的人思谋着"清清净净绝尘埃，果正飞升上界"，上界的仙子等却不愿过这种"清清净净"的生活，争着来到下界。

　　这首词警告世人，凡事都有其发展规律与限度，一旦违反规律、超越限度，无论是仙是佛都会受到惩罚，凡人更是如此。

第九十四回

春景诗

其一

周天一气转洪钧^①，大地熙熙^②万象新。

桃李争妍花烂熳^③，燕来画栋迭香尘。

其二

日暖冰消大地钧，御园花卉又更新。

和风膏雨^④民沾泽，海晏河清^⑤绝俗尘。

注 释

①洪钧：造化、自然。

②熙熙：繁盛的样子。

③烂熳：颜色鲜明而美丽。

④膏雨：滋润万物的霖雨。

⑤海晏河清：大海平静，黄河水清，比喻天下太平。

赏 析

第一首诗中"周天一气转洪钧"的意思就是万物运行一周，一年又开始。节气流转，自然万象更新，生机勃勃，这寄托了古人对开端的重视和对生命的沉思。桃李花竞相开放，明艳美丽。"画栋"是彩绘装饰了的梁栋，燕子绕梁，用精美华丽的意象营造出一个理想的人间世界。"燕来画栋"为眼见之景,"香尘"是鼻嗅之香,于感官中写国家繁荣景象,引人遐想。诗中歌颂太平气象,兴寄深远,几乎句句写景,而情寓景中,语言精工,含蓄蕴藉,雅而不俗,具有较强的艺术性。

第二首是唐僧的和诗,和诗一般有步韵、依韵、从韵三种形式。步韵,即用其原韵原字,且先后次序都须相同;依韵,亦称同韵,和诗与被和诗同属一韵,但不必用其原字;从韵,即用原诗韵的字而不必顺其次序。所以唐僧的和诗是步韵而和。这首诗的内容也是写春天的景致,内容更为直白,"和风膏雨民沾泽"一语双关,明写春回大地,时雨滋润,农事可兴,暗写百姓沐浴盛大的皇恩,加上"海晏河清",赞颂了国家太平安定的盛世气象。

夏景诗

其一

熏风拂拂思迟迟,宫院榴葵映日辉。

玉笛音调惊午梦,芰荷①香散到庭帏②。

其二

斗指南方③白昼迟,槐云榴火斗光辉。

黄鹂紫燕啼宫柳,巧转双声入绛④帏。

注 释

①芰荷:菱花,一说荷花。
②庭帏:父母或者妇女居住的内室。
③斗指南方:北斗星的斗柄指向南方,即夏季。
④绛:大红。

赏 析

两首诗的第一句都是点明时间。"熏风"指夏季吹拂的南风或东南风，有消除烦恼、使人心情舒畅的作用。"拂拂"，是轻风吹动的意思。"迟迟"，这里应该是舒缓从容的意思。当然，"迟迟"还有阳光温暖、光线充足的含义。这句中两个含义都讲得通，而且又相互关联，也算是诗歌趣味的一种。唐僧说的"斗指南方"也是指夏日，到了夏日自然白昼迟长。接下来名士说"榴葵映日辉"，唐僧说槐榴争辉，都是选取夏日里的典型意象来描摹风物。韩愈有"五月榴花照眼明"之说，郭沫若也说石榴"是夏天的心脏，也是夏天的灵魂"。两首诗第三句都是以声音来打破寂静，一个是玉笛细吹，一个是鸟声轻啼。第一首的结句是从嗅觉入手，第二首是紧承上文的声音收束，而且以鸟儿双飞起兴，暗合驸马与公主巧配姻缘、出双入对的情景。

两首诗都营造出了悠闲雅致的意境，词句清丽可读，情景生动而不流于华艳，情感直率而不落于浮夸。

秋景诗

其一

金井①梧桐一叶黄，珠帘②不卷夜来霜。

燕知社日③辞巢去，雁折芦花过别乡。

其二

香飘橘绿与橙黄，松柏青青喜降霜。

篱菊半开攒锦绣，笙歌④韵彻水云乡⑤。

注 释

①金井：井栏上有雕饰的井，一般用以指宫廷园林里的井。
②珠帘：用珍珠缀成或饰有珍珠的帘子。
③社日：古时，春秋两次祭祀土神的日子。一般在立春、立秋后第五个戊日。此处指秋社。
④笙（shēng）歌：指吹笙唱歌或奏乐唱歌。
⑤水云乡：水云弥漫、风景清幽的地方。

赏析

第一首前两句出自唐代王昌龄的《长信秋词》，原诗为："金井梧桐秋叶黄，珠帘不卷夜来霜。熏笼玉枕无颜色，卧听南宫清漏长。"描写了一个被剥夺了自由的少女，形单影只地卧听宫漏的情景。第一首诗歌前两句写秋景清新明丽，恬静优美，远近有致、动静相生，读来丝毫没有幽怨的情绪，全在为后面的转折蓄势。第三句出自皇甫冉的《秋日东郊作》，原诗为："燕知社日辞巢去，菊为重阳冒雨开。"这两句明写自然规律和季节变化，言外却有时光流逝、人生无常的感慨。第四句写"雁折芦花"，进一步凸显秋色，从语义上来看，是描写大雁在芦花飘飞中飞向温暖之地。

第二首和诗以"香飘"发端，从橘绿、橙黄入境，加上青青松柏，半开黄菊，构成了一幅优美如画的长卷，色彩明朗绚丽，让人心旷神怡。"笙歌韵彻水云乡"，从听觉上收束，清新自然，饶有情韵。

冬景诗

其一

天雨飞云暗淡寒，朔风吹雪积千山。
深宫自有红炉暖，报道梅开玉满栏。

其二

瑞雪初晴气味寒，奇峰巧石玉团山。
炉烧兽炭①煨②酥酪，袖手高歌倚翠栏。

注释

①兽炭：用兽骨烧成的炭或用炭屑和水制成的兽形炭。
②煨：用微火慢慢地煮。

赏析

　　这两首描写冬景的诗歌和前面三首一样，也是典型的应制之作，虽然有些为文造情，但也有可观之处。我们甚至都可以当成字谜来猜，因为四季风物的描写中并没有春、夏、秋、冬四字入诗，算得上文思精妙。

　　这两首诗的前面两句都是写雪，但是角度不一。第一首前两句从下雪时的情状入手，光线昏暗，冷意刺骨，朔风吹动，千山雪积。第二首前两句从雪后初晴的景色下笔，接着写雪后奇峰巧石被白雪覆盖的晶莹剔透，群山看上去就像一团白玉。两首诗第三句都转到皇宫的暖炉上来，一是凸显视觉，像白居易所说的"红泥小火炉"，二是强调用火炉之火煨煮奶制品。第一首结句用梅开玉栏，以景结情，第二首用倚栏高歌结句，意在赞叹皇家生活的闲适惬意，而且含有倚红偎翠、与公主喜结连理之意，回应情节。也难怪"国王见和大喜，称唱道：'好个袖手高歌倚翠栏！'遂命教坊司以新诗奏乐，尽日而散。"这是李太白为唐明皇作《清平调》三首的待遇。

第九十五回

广寒宫捣药杵

仙根是段羊脂玉，磨琢成形不计年。
混沌开时吾已得，洪蒙判处我当先。
源流非比凡间物，本性生来在上天。
一体金光和四相^①，五行瑞气合三元^②。
随吾久住蟾宫^③内，伴我常居桂殿边。
因为爱花垂世境，故来天竺假婵娟^④。
与君共乐无他意，欲配唐僧了宿缘。
你怎欺心破佳偶，死寻赶战逞凶顽！
这般器械名头大，在你金箍棒子前。
广寒宫里捣药杵，打人一下命归泉！

注 释

①四相：佛教以离、合、违、顺为四相。
②三元：指天、地、人。
③蟾宫：月亮。
④婵娟：这里指美女。

赏 析

　　这是一首玉兔精夸赞捣药杵的诗。背景为孙悟空在唐僧和天竺国公主婚礼上，确定了自己一直怀疑的公主果然是个妖精，于是和妖精大打出手。孙悟空对妖精手中一头粗、一头细的短棍兵器非常好奇，玉兔精就吟此诗作答。

《西游记》里虽然妖魔鬼怪众多，但出处无非是上界、下界和佛界。来自上界的妖精多与道家有关，如平顶山莲花洞金角大王、银角大王，原来是太上老君看守金银炼丹炉的童子；金兜山金兜洞的独角兕大王，本是太上老君坐骑青牛；在比丘国当国丈的白鹿精，原是南极寿星的坐骑；碗子山波月洞的黄袍怪，原是天上二十八宿中的奎星；九曲盘桓洞的九灵元圣，本是太乙天尊的坐骑九头狮子等。这些原本已经得道成仙的异数，他们来到下界，并不是要过世间凡俗的生活，而是要体验在上界得不到的随心所欲、自由自在。

正像狮驼岭三王之一大鹏金翅雕在如来佛祖收服他时所告诉的那样："你那里持斋把素，极贫极苦；我这里吃人肉，受用无穷；你若饿坏了我，你有罪。"原本为东来佛祖弥勒佛敲磬童子的小雷音寺黄眉大王，还有假冒乌鸡国皇帝的狮猁怪、抢走朱紫国金圣宫娘娘的赛太岁、狮驼岭的青狮怪和白象怪、在通天河吃童男童女的灵感大王等，这些来自佛门菩萨的坐骑或宠物，他们去下界为妖的目的和大鹏金翅雕是一样的，与出身道家的妖魔也相差无几。还有黑熊精、黄风怪、蝎子精等，他们也是沾了佛的光、借了佛的威，在下界祸害一方，最后也像出身上界、佛界的妖怪一样，得到庇护，一走了之。

玉兔精是来自上界蟾宫的妖精，她去下界的目的，比这些佛、道两界的妖精都多。首先她要报复曾经打她一掌、又思凡投胎为天竺国公主的蟾宫仙女素娥；其次她想采唐僧的元阳真气，成为太乙上仙。不过，由于她的诡计被孙悟空识破，最终仍旧还原成为一只兔子，被太阴星君领回了广寒宫。

第九十七回

恩将恩报人间少

恩将恩报人间少，反把恩慈变作仇。
下水救人终有失，三思行事却①无忧。

注 释

①却：反而，然而。

赏 析

　　取经团队途经铜台府地灵县，本打算化缘一顿斋饭就继续西行，没想到却赶上这里的寇员外曾经许愿要给一万个僧人提供斋饭。他用了二十四年的时间，已经斋过九千九百九十六人，只等着加上唐僧师徒四人，正好凑成一万。令人没有想到的是，当唐僧等给寇员外做过圆满仪式离开的当晚，寇员外就因为行事张扬而遭盗抢并引来杀身之祸。这伙强盗还想打劫在路上碰见的唐僧一行，反被悟空擒获。唐僧得知寇员外家遭抢，就让徒弟们带上强盗抢来的赃物送还给寇家。可是寇员外的老婆却伙同家人诬告唐僧师徒是打死寇员外的强盗，铜台府刺史就派官兵将"人赃俱获"的唐僧师徒抓进牢里。

　　寇员外本想做善事，却惹来财失人亡的灾祸。寇家婆本想多留唐僧几日为自己积德，却实际做了个无德之人。唐僧本打算"恩将恩报"，却被诬陷为"恩将仇报"。孙悟空放走盗贼，本以为是仁慈之举，却使取经团队陷入不利境地。如果不是他善于装神弄鬼、上天入地，最终使真相大白，唐僧等人还真是凶多吉少。孙悟空索性变被动为主动，亲赴幽冥地界森罗殿为寇员外讨回了十二年阳寿，既使一个"万僧不阻"、斋僧二十四年的善人起死回生，又为佛门做了功果。其实寇员外斋僧一万，里面应当含有道士。因为在欢送唐僧师徒的仪式上，他请来两套人马，出现了"那一班僧，打一套佛曲；那一班道，吹一道玄音"的热闹场景，说明寇员外佛道皆敬。佛道归一，正是作者所提倡的。

　　本诗结合寇员外案件，非常形象地告诫人们，做善事也可能结恶果，善人身边也会有恶人，仁慈也须"三思行事"。

第九十八回

经书风波

《大藏真经》滋味甜，如来造就甚精严。
须知玄奘登山苦，可笑阿傩却爱钱。
先次未详亏古佛，后来真实始安然。
至今得意①传东土，大众均将雨露沾。

注 释

①得意：领会意旨。

赏析

唐僧脱了肉身凡胎，和孙悟空、猪悟能、沙悟净、白龙马一起，通过凌云仙渡到达彼岸，继续前行至灵山之巅的雷音古刹，终于来到大雄宝殿谒拜如来至尊释迦牟尼文佛。如来佛祖先是猛烈批评唐僧所在的东土南赡部洲"多贪多杀，多淫多诳，多欺多诈；不遵佛教，不向善缘，不敬三光，不重五谷；不忠不孝，不义不仁，瞒心昧

己，大斗小秤，害命杀牲；造下无边之孽，罪盈恶满，致有地狱之灾"；又说东土儒家提倡的仁义礼智信和帝王统治，效果欠佳，因而急需"可以超脱苦恼，解释灾愆"的三藏经。本诗叙述了唐僧两赴灵山珍楼宝阁，先后求得无字和有字真经的故事。

在《西游记》里，如来佛祖确实比道家的玉皇大帝善用人、懂经营、会管理，善恶不拒，恩威并施，抓住一切机会扩大自己的势力范围，不仅将受到玉皇大帝重罚的罪人归入自己门下，还让他们美滋滋地歌颂"《大藏真经》滋味甜"。

第九十九回

九九归真遇老鼋

不二门中法奥玄，诸魔战退识人天。

本来面目今方见，一体原因始得全。

秉证①三乘随出入，丹成九转任周旋。

挑包飞杖通休讲，幸喜还元遇老鼋。

注 释

①证：佛教术语，证果，即一般人所说的开悟或得道。

赏 析

    唐僧一行历经磨难，终于在灵山大雷音寺取到了三藏真经，踏上归途。如来佛祖采纳观音菩萨的进谏，派八大金刚护送唐僧回国。观音菩萨仔细查看，发现唐僧只经历过八十难，不合佛门九九归真之数，距九九八十一难还差一难，就令揭谛赶紧通知八大金刚暂停护送，让腾在云中的取经团队坠落于通天河西岸。通天河老鼋及时发现了他们，再次主动要求驮他们渡河。几年前，老鼋在将取经团队全体成员从东岸渡到西岸的时候，曾经郑重其事地拜托唐僧在灵山见到如来佛祖时，帮忙询问自己的年寿及如何修炼成人。唐僧当时满口答应，后来却将这件事情给忘到九霄云外去了。当盼了几年的老鼋再提此问，唐僧无言以对。老鼋既失望又气愤，就将身体一晃，使唐僧师徒连马及经书一起落到水中。第九十九回中的这首诗，以佛、道术语的特殊方式来表现此事。

虽然佛家有不二的主张，并认为有十不二门，但因其太过深奥玄妙，要真正做到不二，极为困难。所谓"不二"指对一切现象应当没有分别，或超越各种区别。佛教认为有色心、内外、修性、因果、染净、依正、自他、三业、权实、受润等十种不二法门。所以诗中说"不二门中法奥玄"。佛家还认为"佛凡一体"，佛、法、僧"一休"；即佛心与凡心为一体，众生自身具有的真如法性，应当与诸佛的法身平等无二。外相虽有差异但其本性如一，故称"一体"。唐僧虽然取到了真经，却并没有真正做到这些佛经教义所说。

通天河老鼋就让他们"挑包飞杖"，狼狈落水。不过取经团队还是应当感谢老鼋的，正是它的愤怒之举成全唐僧合了佛门的"九九"归真之数，再说它毕竟还将取经团队从通天河西岸驮到了东岸近前。其实，老鼋如果真的知道了自己的寿数，就可能会耽于修炼，大大影响它今后与子孙其乐融融的生活，反倒不能修炼成人。仅从这一点上来说，它也应当感谢唐僧。

通天河老鼋有恩于唐僧，唐僧师徒有恩于通天河畔的陈家庄村民。唐僧忘记了老鼋对自己的帮助与嘱托，陈家庄的受益村民却记住了唐僧师徒的恩德，还专门兴建救生寺，为他们塑像供奉。在通天河，唐僧经历的最后一难，让他同时体验到遗忘他人和被他人铭记的感受，这样的情节设置，还是相当意味深长的。就像唐僧哀叹经书被水浸湿、一本经书尾页被沾破是件憾事时孙悟空所说，此"乃是应不全之奥妙也"。圆满是理想，不全才是现实。在《西游记》里，没有一个完美的人物，没有一个完美的宗教，即便本书所推崇的如来佛祖、观音菩萨，也都有这样或那样的过失。佛祖身边的人也是形形色色，有文有武，有善有恶，有正有邪。佛祖充分利用每个人的短长，维护、壮大佛教，宣扬、发展佛经，巩固、推崇佛法，发挥各自不可或缺的重要作用。

第一百回

一体真如转落尘

一体真如转落尘，合和四相复修身。

五行论色空还寂，百怪虚名总莫论。

正果旃檀①饭大觉，完成品职脱沉沦。

经传天下恩光阔，五圣高居不二门②。

注释

①旃（zhān）檀：如来佛给唐僧的封号是旃檀功德佛。

②不二门：指平等而无差异之至道或独一无二的门径、方法。

赏析

　　《西游记》是一部充满了象征和隐喻的小说，它的诗歌和回目中都揭示了故事和取经修行的联系。这首诗一语道破取经的过程就是一个人

修心的过程。首联写唐僧师徒四人连同白龙马本是一体，只是转落凡尘时，各自都有寄托。在小说中，唐僧、悟空、八戒、沙僧、白龙马对应的五行属性分别是水、金、木、土、火，师徒们西行的过程，正是"合和四相复修身"的过程。取经路上的艰难与磨炼，正是修炼过程中所必经的魔障。唐僧取经之初，路经法门寺时说："心生，种种魔生；心灭，种种魔灭。"可见，所有魔障，皆从他自心生起。后面四句就简单了，师徒取得真经，修成正果，摆脱沉沦，而他们取经度人的功德也是使得他们成功的途径。